U0128249

王翠芳・李幸長・吳銘宏・林天祥・黃寶珊・劉怡廷・蔡舜寧・鄭瓊月・賴慧玲————【編撰】

義達文選

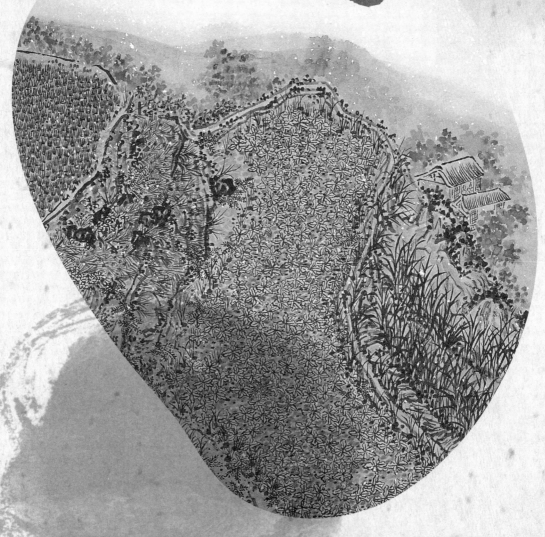

■ 國家圖書館出版品預行編目（CIP）資料

義達文選 / 王翠芳等編著. – 初版. -- 高雄市：麗
文文化, 2019.08
　　面；　公分
　　ISBN 978-986-490-164-7(平裝)

　1. 國文科　2.讀本

836　　　　　　　　　　　108014367

義達文選

初版一刷・2019 年 8 月　初版四刷・2023 年 2 月

編著者	王翠芳、吳銘宏、李幸長、林天祥、黃寶珊、劉怡廷、蔡舜寧、鄭瓊月、賴慧玲
發行人	楊曉祺
總編輯	蔡國彬
出版者	麗文文化事業股份有限公司
地址	80252高雄市苓雅區五福一路57號2樓之2
電話	07-2265267
傳真	07-2233073
網址	www.liwen.com.tw
電子信箱	liwen@liwen.com.tw
劃撥帳號	41423894
臺北分公司	10045台北市中正區重慶南路一段57號10樓之12
電話	02-29229075
傳真	02-29220464
法律顧問	林廷隆律師
電話	02-29658212

行政院新聞局出版事業登記證局版台業字第5692號

ISBN 978-986-490-164-7（平裝）

麗文文化事業

定價：300 元

編輯凡例

一、本書主要目的在培養學生閱讀與寫作、口語表達、問題與思考之能力。

二、本書內容以「文學四通八達」為主軸。分四大單元：通向「人際」、通向「世界」、通向「自然」、通向「職場」。從個人、家庭以至社會人群、世界自然等面向，透過學習與應用達成全面性的人文關懷。

三、每一單元根據主題各選數篇文章，兼及古文與語體文。通向「職場」單元內含「履歷自傳」寫作、「公文應用」，以利日後職場所需。

四、各單元選文力求配合各學院學科特色，讓學習與生活結合，兼顧實用性與趣味性，以引發學生學習動機。

五、選文編輯體例

　(一)每單元有單元導讀，說明單元主旨及每篇選文之特色。

　(二)每篇選文依序有作者題解、課文、問題與討論、延伸閱讀等。

　(三)每單元選文後附有學習單，作為學習心得之書面回饋。

六、各篇選文之編著者，一律列於該文篇末。

目 次
Contents

編輯凡例　1

第一單元

通向人際　001

單元導讀　002

我的四個假想敵／余光中　003

他的名字叫做「人」／龍應台　012

詩詞選／019

　　女曰雞鳴／詩經・鄭風　020

　　摽有梅／詩經・國風　021

　　春日憶李白／杜甫　021

　　沙丘城下寄杜甫／李白　022

　　渡遼水／王建　022

　　雨霖鈴／柳永　023

　　白色的歌／夐虹　024

細柳／蒲松齡　026

婚禮／阿布　032

買義、行善與社會工作／彭懷眞　036

急水溪事件／阿盛　043

蘭嶼行醫記／拓拔斯・塔瑪匹瑪　050

第二單元

通向世界　065

單元導讀／066

巴揚寺的微笑／蔣勳　067

南半球的冬天／余光中　073

流浪的藝術／舒國治　081

大唐西域記序／玄奘　091

秋之旅／金耀基　095

味蕾炎涼／王盛弘　104

車過巴勒斯坦難民營／西西　113

第三單元

通向自然　119

單元導讀　120

新中橫的綠色家屋／劉克襄　121

黑與白——虎鯨／廖鴻基　129

小水滴遊高屏溪／曾貴海　141

斯文豪氏蛙／凌拂　148

天論／荀子　152

畫眉鳥／歐陽修　157

〈歸園田居〉五首其二／陶淵明　159

第四單元

通向職場　165

單元導讀　166

《史記》　貨殖列傳（節錄）／司馬遷　167

《紅樓夢》　第四十一回　賈寶玉品茶櫳翠庵　劉姥姥醉臥怡
　　　　　紅院／曹雪芹　171

梓人傳（節錄）／柳宗元　184

醫者的許諾／王溢嘉　188

醫院裡的鳳梨／黃信恩　191

電視劇濡染下的重口味人生／廖玉蕙　194

現代的司馬遷──談今日的資料壓縮／陳之藩　198

附錄：履歷表　204

　　　自傳　209

　　　公文的重要類別、結構及寫作要領　212

　　　「簽」、「函」、「公告」的撰寫要領　215

　　　會議紀錄　221

通向人際

我的四個假想敵／余光中

他的名字叫做「人」／龍應台

詩詞選　女曰雞鳴／詩經・鄭風

　　　　摽有梅／詩經・國風

　　　　春日憶李白／杜甫

　　　　沙丘城下寄杜甫／李白

　　　　渡遼水／王建

　　　　雨霖鈴／柳永

　　　　白色的歌／夐虹

細柳／蒲松齡

婚禮／阿布

買義、行善與社會工作／彭懷真

急水溪事件／阿盛

蘭嶼行醫記／拓拔斯・塔瑪匹瑪

單元導讀

「通向人際」單元選文的兩大指標是「家庭圓融」與「社會和諧」。

「家庭」是社會組成的最小單位，卻是最重要的基礎。親情是與生俱來的，是一個人情感肇始。從家庭向外擴展，有了純摯的友情；到了青春期，開始渴盼擁有濃烈動人的愛情，從選文中可以看到這些情感不同的表達方式：〈我的四個假想敵〉，表述了一個父親對女兒複雜而獨特的愛；〈他的名字叫做『人』〉，表露了母子情深，尤其是母親如何對孩子解釋生命的價值；〈詩詞選〉從古典詩詞中去體悟古人對愛情、友情與社會等的關懷；〈細柳〉則是講述一個後母的苦心孤詣，使失怙的繼子和親兒能在社會上成功立足的故事。

「個人利益」與「公眾利益」之間的權衡與取捨，自古以來就是華人社會中重要的課題。現今的社會更加多元而複雜，個人主義盛行，如何強化社會良善的價值、維護弱勢族群的權利，這是身處大學殿堂中的年輕人應當深思反省的。〈婚禮〉，討論的是生命的臨終關顧；〈買義、行善與社會工作〉旨在說明「行善」能成就個人或整體社會的美好；〈急水溪事件〉透過急水溪數年的整治過程，諷刺村人短視近利的心態；〈蘭嶼行醫記〉則記錄了偏鄉資源缺乏問題及不同族群產生的文化衝突及對立。

人的一生都需要與人互動，小至家人，大至社會群體。不論是家人、朋友、情人、甚或陌生人，彼此間的觸動或情感的交流，可能是正面的，也可能是負面的，這些都時時刻刻影響著我們的內在，也時時刻刻滋潤、豐富我們的人生。

（劉怡廷、鄭瓊月　撰）

我的四個假想敵

余光中

・作者題解

　　余光中（1928-2017），福建泉州永春人，生於南京，故自命為江南人。臺灣當代著名文學家，藍星詩社知名詩人，文學界巨擘，愛荷華大學藝術碩士，曾任國立中山大學講座教授，著有新詩、散文、評論、翻譯等凡五十餘種，多篇作品選入臺灣、中國大陸、香港及設有華文課程的大學、中學教科書。余光中行文精煉，梁實秋曾讚許余光中『以右手寫詩、左手寫散文』，生平獲獎無數。代表作品有《秋之頌》、《日不落家》、《藍墨水的下游》、《天狼星》、《余光中詩選》、《蓮的聯想》、《等你，在雨中》、《記憶像鐵軌一樣長》、《天國的夜市》、《逍遙遊》、《舟子的悲歌》、《白玉苦瓜》等。

　　余光中有四個女兒，依次是珊珊、幼珊、佩珊、季珊，在本文中余光中戲稱自己是「女生宿舍」的舍監。女兒們逐漸長大，面對異性追求，激起為人父的「危機感」。他把四個女兒的男友稱為「四個假想敵」，描繪出父親與女兒男友之間必定的、永恆的矛盾。因此他於二女幼珊考上大學之際寫下此文，道盡父親對女兒的不捨。全文表述了一種獨特的父愛心理，渲染了一種許多人心中都有此體驗但又沒有明確表達出來的人生樣貌。全文生動有趣，將微妙的父愛情感表露無遺。

・課　文

　　二女幼珊在港參加僑生聯考，以第一志願分發台大外文系。聽到這消息，我鬆了一口氣，從此不必擔心四個女兒通通嫁給廣

東男孩了。

　　我對廣東男孩當然並無偏見，在港六年，我班上也有好些可愛的廣東少年，頗討老師的歡心，但是要我把四個女兒全都讓那些「靚仔[1]」、「叻仔[2]」擄掠了去，卻捨不得。不過，女兒要嫁誰，說得灑脫些，是她們的自由意志，說得玄妙些呢，是因緣，做父親的又何必患得患失呢？何況在這件事上，做母親的往往位居要衝，自然而然成了女兒的親密顧問，甚至親密戰友，作戰的對象不是男友，卻是父親。等到做父親的驚醒過來，早已腹背受敵，難挽大勢了。

　　在父親的眼裡，女兒最可愛的時候是在十歲以前，因為那時她完全屬於自己。在男友的眼裡，她最可愛的時候卻在十七歲以後，因為這時她正像畢業班的學生，已經一心向外了。父親和男友，先天上就有矛盾。對父親來說，世界上沒有東西比稚齡的女兒更完美的了，唯一的缺點就是會長大，除非你用急凍術把她久藏，不過這恐怕是違法的，而且她的男友遲早會騎了駿馬或摩托車來，把她吻醒。

　　我未用太空艙的凍眠術，一任時光催迫，日月輪轉，再揉眼時，怎麼四個女兒都已依次長大，昔日的童話之門砰地一關，再也回不去了。四個女兒，依次是珊珊、幼珊、佩珊、季珊。簡直可以排成一條珊瑚礁。珊珊十二歲的那年，有一次，未滿九歲的佩珊忽然對來訪的客人說：「喂，告訴你，我姐姐是一個少女了！」在座的大人全笑了起來。

　　曾幾何時，惹笑的佩珊自己，甚至最幼稚的季珊，也都在時

---

[1] 靚（ㄌㄧㄤ丶；liang）仔（ㄗㄞ∨；zai）：粵語方言。靚：美麗、漂亮。仔：男子。全意為英俊的男子，即「帥哥」。

[2] 叻（ㄌㄜ丶；le）仔（ㄗㄞ∨；zai）：粵語方言。叻：聰明、能幹。全意為很聰明的男子。

光的魔杖下，點化成「少女」了。冥冥之中，有四個「少男」正偷偷襲來，雖然躡手躡足，屏聲止息，我卻感到背後有四雙眼睛，像所有的壞男孩那樣，目光灼灼，心存不軌，只等時機一到，便會站到亮處，裝出偽善的笑容，叫我岳父。我當然不會應他。哪有這麼容易的事！我像一棵果樹，天長地久在這裡立了多年，風霜雨露，樣樣有份，換來果實纍纍，不勝負荷。而你，偶爾過路的小子，竟然一伸手就來摘果子，活該蟠地[3]的樹根絆你一跤！

而最可惱的，卻是樹上的果子，竟有自動落入行人手中的樣子。樹怪行人不該擅自來摘果子，行人卻說是果子剛好掉下來，給他接著罷了。這種事，總是裡應外合才成功的。當初我自己結婚，不也是有一位少女開門揖盜嗎？「堡壘最容易從內部攻破」，說得真是不錯。不過彼一時也，此一時也。同一個人，過街時討厭汽車，開車時卻討厭行人。現在是輪到我來開車。

好多年來，我已經習於和五個女人為伍，浴室裡瀰漫著香皂和香水氣味，沙發上散置皮包和髮捲，餐桌上沒有人和我爭酒，都是天經地義的事。戲稱吾廬為「女生宿舍」，也已經很久了。做了「女生宿舍」的舍監，自然不歡迎陌生的男客，尤其是別有用心的一類。但是自己轄下的女生，尤其是前面的三位，已有「不穩」的現象，卻令我想起葉慈[4]的一句詩：

一切已崩潰，失去重心。

我的四個假想敵，不論是高是矮，是胖是瘦，是學醫還是學文，遲早會從我疑懼的迷霧裡顯出原形，一一走上前來，或迂迴

---

[3] 蟠（ㄆㄢˊ；pan²）地：盤伏在地上。

[4] 葉慈：（William Butler Yeats）愛爾蘭詩人。劇作家。1923年獲諾貝爾文學獎。

曲折，囁嚅其詞，或開門見山，大言不慚，總之要把他的情人，也就是我的女兒，對不起，從此領去。無形的敵人最可怕，何況我在亮處，他在暗裡，又有我家的「內奸」接應，真是防不勝防。只怪當初沒有把四個女兒及時冷藏，使時間不能拐騙，社會也無由污染。現在她們都已大了，回不了頭；我那四個假想敵，那四個鬼鬼祟祟的地下工作者，也都已羽毛豐滿，什麼力量都阻止不了他們了。先下手為強，這件事，該乘那四個假想敵還在襁褓的時候，就予以解決的。至少美國詩人納許[5]（Ogden Nash, 1902～71）勸我們如此。他在一首妙詩〈由女嬰之父來唱的歌〉[6]（Song to Be Sung by the Father of Infant Female Children）之中，說他生了女兒吉兒之後，惴惴不安，感到不知什麼地方正有個男嬰也在長大，現在雖然還渾渾噩噩，口吐白沫，卻註定將來會搶走他的吉兒。於是做父親的每次在公園裡看見嬰兒車中的男嬰，都不由神色一變，暗暗想道：「會不會是這傢伙？」想著想著，他「殺機陡萌」[7]……，便要解開那男嬰身上的別針，朝他的爽身粉裡撒胡椒粉，把鹽撒進他的奶瓶，把沙撒進他的菠菜汁，再扔頭優游的鱷魚到他的嬰兒車裡陪他遊戲，逼他在水深火熱之中掙扎而去，去娶別人的女兒。足見詩人以未來的女婿為假想敵，早已有了前例。

　　不過一切都太遲了。當初沒有當機立斷，採取非常措施，像納許詩中所說的那樣，真是一大失策。如今的局面，套一句史書

---

[5] 美國詩人納許：弗雷德里克・奧格登・納許（Ogden Nash, 1902-1971），因其輕鬆的詩句而聞名，他寫了500多首。憑藉他非傳統的押韻計劃，他被宣佈為該國最著名的幽默詩人。

[6] 〈由女嬰之父來唱的歌〉：美國詩人納許創作的一首詩，詩篇抒發了對於自己女兒將來要離開，嫁給別人的不安之情，這種心境恐怕只有「家有千金」的父親才能體會。

[7] 殺機陡萌：陡起殺人的念頭。

上常見的話，已經是「寇入深矣！[8]」女兒的牆上和書桌的玻璃墊下，以前的海報和剪報之類，還是披頭[9]，拜絲[10]，大衛・凱西弟[11]的形象，現在紛紛都換上男友了。至少，灘頭陣地已經被入侵的軍隊佔領了去，這一仗是必敗的了。記得我們小時，這一類的照片仍被列為機密要件，不是藏在枕頭套裡，貼著夢境，便是夾在書堆深處，偶爾翻出來神往一翻，哪有這麼二十四小時眼前供奉的？

這一批形跡可疑的假想敵，究竟是哪年哪月開始入侵廈門街余宅的，已經不可考了。只記得六年前遷港之後，攻城的軍事便換了一批口操粵語的少年來接手。至於交戰的細節，就得問名義上是守城的那幾個女將，我這位「昏君」是再也搞不清的了。只知道敵方的炮火，起先是瞄準我家的信箱，那些歪歪斜斜的筆跡，久了也能猜個七分；繼而是集中在我家的電話，「落彈點」就在我書桌的背後，我的文苑就是他們的沙場，一夜之間，總有十幾次腦震盪。那些粵音平上去入，有九聲之多，也令我難以研判敵情。現在我帶幼珊回了廈門街，那頭的廣東部隊輪到我太太去抵擋，我在這頭，只要留意臺灣健兒，任務就輕鬆多了。

信箱被襲，只如戰爭的默片，還不打緊。其實我寧可多情的少年勤寫情書，那樣至少可以練習作文，不致在視聽教育的時代荒廢了中文。可怕的還是電話中彈，那一串串警告的鈴聲，把戰場從門外的信箱擴至書房的腹地，默片變成了身歷聲，假想敵在實彈射擊了。更可怕的，卻是假想敵真的闖進了城來，成了有血

8 寇入深矣：寇：強盜或外來的侵略者。入：進去。
9 披頭：一支英國搖滾樂團披頭四樂隊（The Beatles）。
10 拜絲：拜絲（Joan Baez），1960 年代崛起的美國著名女性詞曲家、鄉村歌手，曾參與反戰、人權、環保等運動。
11 大衛・凱西弟：大衛・凱西弟（David Cassidy），1970 年代因演出電視連續劇，且推出五張個人演唱專輯，成為青少年偶像。

有肉的真敵人，不再是假想了好玩的了，就像軍事演習到中途，忽然真的打起來了一樣。真敵人是看得出來的。在某一女兒的接應之下，他佔領了沙發的一角，從此兩人呢喃細語。囁嚅密談，即使脈脈相對的時候，那氣氛也濃得化不開，窒得全家人都透不過氣來。這時幾個姐妹早已迴避得遠遠的了，任誰都看得出情況有異。萬一敵人留下來吃飯，那空氣就更為緊張，好像擺好姿勢，面對照相機一般。平時鴨塘一般的餐桌，四姐妹這時像在演啞劇，連筷子和調羹都似乎得到了消息，忽然小心翼翼起來。明知這僭越的小子未必就是真命女婿，（誰曉得寶貝女兒現在是十八變中的第幾變呢？）心裡卻不由自主升起一股淡淡的敵意。也明知女兒正如將熟之瓜，終有一天會蒂落而去，卻希望不是隨眼前這自負的小子。

　　當然，四個女兒也自有不乖的時候，在惱怒的心情下，我就恨不得四個假想敵趕快出現，把她們統統帶走。但是那一天真要來到時，我一定又會懊悔不已。我能夠想像，人生的兩大寂寞，一是退休之日，一是最小的孩子終於也結婚之後。宋淇有一天對我說：「真羨慕你的女兒全在身邊！」真的嗎？至少目前我並不覺得，自己有什麼可羨之處。也許真要等到最小的季珊也跟著假想敵度蜜月去了，才會和我存並坐在空空的長沙發上，翻閱她們小時的相簿，追憶從前，六人一車長途壯遊的盛況，或是晚餐桌上，熱氣蒸騰，大家共享的燦爛燈光。人生有許多事情，正如船後的波紋，總要過後才覺得美的。這麼一想，又希望那四個假想敵，那四個生手笨腳的小伙子，還是多吃幾口閉門羹，慢一點出現吧。

　　袁枚[12]寫詩，把生女兒說成「情疑中副車」，這書袋掉得很

---

[12] 袁枚：字子才，號簡齋，晚年自號倉山居士。清朝乾嘉時期代表詩人、散文家、文學評論家。

有意思，卻也流露了重男輕女的封建意識。照袁枚的說法，我是連中了四次副車，命中率夠高的了。余宅的四個小女孩現在變成了四個小婦人，在假想敵環伺之下，若問我擇婿有何條件，一時倒恐怕答不上來。沉吟半晌，我也許會說：「這件事情，上有月下老人的婚姻譜，誰也不能竄改，包括韋固[13]，下有兩個海誓山盟的情人，『二人同心，其利斷金』，我憑什麼要逆天拂人，梗在中間？何況終身大事，神秘莫測，事先無法推理，事後不能悔棋，就算交給廿一世紀的電腦，恐怕也算不出什麼或然率來。倒不如故示慷慨，偽作輕鬆，博一個開明父親的美名，到時候帶顆私章，去做主婚人就是了。」

問的人笑了起來，指著我說：「什麼叫做『偽作輕鬆』？可見你心裡並不輕鬆。」

我當然不很輕鬆，否則就不是她們的父親了。例如人種的問題，就很令人煩惱。萬一女兒發癡，愛上一個聳肩攤手口香糖嚼個不停的小怪人，該怎麼辦呢？在理性上，我願意「有婿無類」，做一個大大方方的世界公民。但是在感情上，還沒有大方到讓一個臂毛如猿的小伙子把我的女兒抱過門檻。現在當然不再是「嚴夷夏之防[14]」的時代，但是一任單純的家庭擴充成一個小型的聯合國，也大可不必。問的人又笑了，問我可曾聽說混血兒的聰明超乎常人。我說：「聽過，但是我不希罕抱一個天才的『混血孫』。我不要一個天才兒童叫我 Grandpa，我要他叫我外公。」問的人不肯罷休：「那麼省籍呢？」

---

[13] 韋固：唐·李復言《續幽怪錄》記載傳說故事：唐朝的韋固路過宋城，遇一老人在月光下翻檢一本書。詢問後，知道老人是專管人間婚姻的神，翻檢的書是婚姻簿子。

[14] 嚴夷夏之防：中國古代主張嚴格民族界限、尊崇華夏、鄙薄其他民族的理論。具體表現為對異族人保持警覺、防備，還有禁止與外族通婚等。禁止我方先進文化傳入外族，也警惕外族不良風俗對我方的影響干擾。

「省籍無所謂，」我說。「我就是蘇閩聯姻的結果，還不壞吧？當初我母親從福建寫信回武進，說當地有人向她求婚。娘家大驚小怪，說『那麼遠！怎麼就嫁給南蠻！』後來娘家發現，除了言語不通之外，這位閩南姑爺並無可疑之處。這幾年，廣東男孩鍥而不舍，對我家的壓力很大，有一天閩粵結成了秦晉[15]，我也不會感到意外。如果有個臺灣少年特別巴結我，其志又不在跟我談文論詩，我也不會怎麼為難他的。至於其他各省，從黑龍江直到雲南，口操各種方言的少年，只要我女兒不嫌他，我自然也歡迎。」

「那麼學識呢？」

「學什麼都可以。也不一定要是學者，學者往往不是好女婿，更不是好丈夫。只有一點：中文必須清通。中文不通，將禍延吾孫！」

客又笑了。「相貌重不重要？」他再問。

「你真是迂闊之至！」這次輪到我發笑了。「這種事，我女兒自己會注意，怎麼會要我來操心？」

笨客還想問下去，忽然門鈴響起。我起身去開大門，發現長髮亂處，又一個假想敵來掠余宅。

——選自《記憶像鐵軌一樣長》，臺北：洪範，2006 年

•問題與討論

1. 你的父親（母親）如何看待你的異性朋友？如果父母反對你所選擇的對象，你該如何面對與處理呢？

---

[15] 秦晉：指春秋時期的秦國和晉國。二國世代多互為婚嫁，後遂以秦晉代指婚姻關係。

2.你會與父母談論你的擇偶條件嗎？你和父母的觀點會有那些議題具有跨世代之間的差異？

3.從余光中的〈我的四個假想敵〉一文中，請分析文中「我」的矛盾心理，並分析作者的父親角色。

·延伸閱讀

1.張愛玲，〈琉璃瓦〉，《傳奇》月刊。
2.周國平，《妞妞》。
3.朱自清，〈背影〉，《朱自清全集》。
4.傅雷　，《傅雷家書》。

（鄭瓊月　編撰）

他的名字叫做「人」

龍應台

·作者題解

龍應台（1952-　），生於高雄，祖籍湖南衡山。畢業於國立成功大學外文系，獲美國堪薩斯州立大學英美文學博士。是臺北市首任文化局局長和中華民國文化部首任部長，亦曾在美國、德國、臺灣、香港的多所大學任職。1984年出版處女作《龍應台評小說》，之後又出版了文化批評、小說、散文、紀實文學等多種作品，如《野火集》和《大江大海一九四九》等，其文章遍及華人地區，如兩岸三地、新加坡，以及德國等地，其思想也影響了當代華人。

本文出自龍應台之《孩子你慢慢來》，這是本有愛的書，文字簡單樸實，卻承載著滿滿的溫情。在這本書裡，她是個母親，是個平凡又幸福的母親。本文〈他的名字叫做「人」〉全文分三小段：「久別」、「快樂」以及「你的眼睛裡有我」。眼睛是心靈的窗戶，這句老話，在這裡得到了新的呈現；使讀者的心底產生一種暖暖的感覺，從眼裡描繪出的母親形象，值得細細品味。作者樸實的描寫，越發讓人感動。文中表露了母愛情深，尤其是母親如何對孩子解釋生命的價值，同時傳達了一種純淨與美好的人文意涵。

·課文

久別

媽媽從城裡回來，小男孩掙脫保姆的手，沿著花徑奔跑過來，兩隻手臂張開像迎風的翅膀。

　　媽媽蹲下來，也張開雙臂。兩個人在怒開的金盞菊畔，擁抱。小男孩吻吻媽的頸子、耳朵，直起身來瞧瞧久別的媽媽，又湊近吻媽媽的鼻子、眼睛。

　　媽媽想起臨別時安安嘔心瀝血的哭喊、悽慘的哀求：

　　「媽媽——安安也要——進城去——買書——」

　　臉頰上還有眼淚的痕跡；這一場痛苦久別畢竟只是前前後後六個小時。

　　媽媽牽著嫩嫩的小手，走向家門，一邊輕聲問：

　　「寶貝，媽媽不在的時候，你做了什麼？」

　　其實不問也知道：吃午餐、玩汽車、與保姆格鬥著不上廁所、到花園裡去採黑草莓、騎三輪車、濕了褲子……。

　　可是這小孩平靜地回答：

　　「我想事情。」

　　媽媽差點噗哧笑出聲來——兩歲半的小孩「想事情」？偷眼看看小男孩那莊重的神色，媽媽不敢輕率，忍住笑，問他：

　　「你想什麼事情？」

　　「嗯——」小男孩莊重地回答：「我想，沒有媽媽，怎麼辦。」

　　媽媽一怔，停了腳步，確定自己不曾聽錯之後，蹲下來，凝視孩子的眼睛。

　　安安平靜地望著媽媽，好像剛剛說了「媽我口渴」一樣的尋常。

快樂

　　「為什麼一個男人忙於事業，就沒有人想到要問他：你怎麼照顧家庭？為什麼一個女人忙於事業，人們就認為她背棄了家庭？這是什麼白痴的雙重標準？為什麼你公務繁忙是成功的表

現，我公務繁忙就是野心太大、拋棄母職？」

咆哮了一陣之後，媽媽就背對著爸爸，不再理他。

安安拎著根細細的柳枝，從草叢深處冒出來，草比人高。

他看見爸爸在生火，醃好的烤肉擱在野餐桌上。他看見媽媽坐在草地上，陽光透過菩提樹葉，一圈一圈搖搖晃晃地照著她的背脊。

「媽媽，你在幹什麼？」像個老朋友似地挨過去，和媽媽肩並肩。

「媽媽在——」做母親的遲疑了一下，「在想事情。」

安安握著柳枝，做出釣魚的姿態。

「想什麼事情呀？」

「想——」

媽不知道怎麼回答。她不願意敷衍這小小的人兒，因為她覺得這不及草高的小小人兒是個獨立而莊嚴的生命，她尊重。然而，她又怎麼對兩歲半的人解釋：婚姻，和民主制度一樣，只是人類在諸多制度中權衡利弊不得已的抉擇；婚姻幸福的另一個無可避免的是個人自由意志的削減。她又怎麼對兩歲半的人解釋：這個世界在歌頌母愛、崇敬女性的同時，拒絕給予女人機會去發揮她作為個人的潛力與欲望？她怎麼對孩子說：媽媽正為人生的缺陷覺得懊惱？

「你在想什麼？媽媽？」釣魚的小男孩提醒深思的母親。

母親嘆了口氣，說：「媽媽不快樂！」伸手去攬那小小的身體。

小夥伴卻站直了身子，摸摸媽媽的臉頰，正經地說：

「媽媽不要不快樂。安安快樂，媽媽快樂。媽媽快樂，爸爸快樂。」

母親像觸了電似地抬起頭來，不可置信地問：「你說什麼？

你說什麼？」

「安安很快樂呀，安安快樂，媽媽快樂。媽媽快樂，爸爸快樂。」

媽媽抱著頭坐著，好久不動，像睡著了一樣。她其實在傾聽那草叢後面小溪淙淙的流聲。那不說話、不講理論的小溪。她終於站起來，拍拍身上的泥草，牽起小夥伴的手，往溪邊走去。

「我們去找爸爸，」她說：「他一定在撿柴。」

你的眼睛裡有我

「女媧[1]就撿了很多很多五色石，就是有五個顏色的石頭，又採了大把大把的蘆葦，蘆葦呀？就是一種長得很高的草，長在河邊。我們院子裡不是種著芒草嗎？對，蘆葦跟芒草長得很像。」

「女媧就在石鍋裡頭煮那五色石，用蘆葦燒火。火很燙，五色石就被煮成石漿了，石漿呀？就和稀飯一樣，對，和麥片粥一樣，黏黏糊糊的……」

一個白霧濛濛的下午，母子面對面坐著，華安跨坐在媽媽腿上，手指繞著媽媽的長髮。

「你記不記得女媧為什麼要補天呢？」

安安沉吟了一下，說：「下雨，共工。」

「對了，水神[2]共工和火神[3]打架，那火神的名字媽媽忘了────」

---

[1] 女媧：中國上古神話中的創世女神，又稱媧皇、女陰。史記女媧氏，是華夏民族人文先始，是福佑社稷之正神。相傳女媧造人，一日中七十化變，以黃泥仿照自己摶土造人，創造人類社會並建立婚姻制度；因世間天塌地陷，於是熔彩石以補蒼天，斬鰲足以立四極，留下了女媧補天的神話傳說。

[2] 水神：水神是古代中國神話傳說中的司水之神。在中國神話系統中，水神是傳承最廣，影響最大的神祇。

[3] 火神：火神是民間俗神信仰中的神祇之一，中國民間信仰和傳說中最著名的火神為祝融。中國各族都有火神祭祀的風俗，由於地區不同，歷史文化不同，對火神有不同的認識和解釋。

「祝融啦！媽媽笨。」

「好，祝融⁴，打架的時候把天戳了一個大洞，所以大水就從天上沖下來，把稻田沖壞——稻田呀？」

「草原那邊有麥田對不對？稻田跟麥田很像，可是稻田裡面灌了很多水——不是不是，不是共工⁵灌的，是農夫灌的。那稻田哪，好香，風吹過的時候，像一陣綠色的波浪，推過來淡淡的清香……」

媽媽想起赤腳踩在田埂上那種濕潤柔軟的感覺，想起在月光下俯視稻浪起伏的心情。她曾經在一個不知名的小鎮上、一個不知名的旅店中投宿。清晨，一股冷冽的清香流入窗隙，流入她的眼眉鼻息，她順著香氣醒過來，尋找清香來處，原來是窗外彌漫無邊的稻田，半睡半醒地籠在白霧裡……

「我講到哪裡了？哦，女媧看到人受苦，心裡很疼，想救他們，所以去補天。可是安安，你記得人是誰做的嗎？」

安安不回答，只是看著母親的眼睛。

「女媧有一天飄到一個湖邊，看見清水中映著自己的影子；長長黑亮的頭髮，潤黃的皮膚，好看極了。她想，這美麗的地上沒有像她一樣的東西，太可惜了。」

「所以嘛，她就坐在湖邊，抓了把黏土，照著湖裡頭自己那個樣子，開始捏起來。」

「哎，安安，你怎麼了？你是不是在聽呀？不聽我不講了?!」

安安只是看著母親的眼睛。

---

⁴ 祝融：是三皇五帝時夏官火正的官名。歷史上有多位著名的祝融，被後世祭祀為火神、灶神。

⁵ 共工：中國上古時代神話人物，水神、洪災之神。傳說共工形象兇惡，人面蛇身而紅髮，性情愚蠢而凶暴，野心勃勃，是黃帝系部族長期的對手。

　　「女媧捏出一個泥娃娃，然後，她對準了泥娃娃的鼻眼，這麼輕輕地、長長地、溫柔地，吹了一口氣，那泥娃娃，不得了，就動起來了。跳進女媧懷裡，張開手臂抱著她的脖子，大叫『媽媽！媽媽！』女媧看見那泥娃娃長得就和湖中自己的影子一模一樣。」

　　「安安，你到底在看什麼？」

　　小男孩圓睜著眼，一眨也不眨，伸手就來摸媽媽的眼珠，媽媽閃開了。

　　「你在幹什麼，寶寶？」

　　寶寶情急地喊出來，「媽媽，不要動……」一邊用兩隻手指撐開母親的眼瞼。

　　「你在看什麼？」

　　「我在看——」安安專注地、深深地，凝視著母親的眼睛，聲音裡透著驚異和喜悅，一個字一個字地宣布：

　　「媽媽，你的眼睛，眼珠，你的眼睛裡有我，有安安，真的……」

　　說著說著激動起來，伸出手指就要去撫摸媽媽的眼珠——「真的，媽媽，兩個眼睛裡都有……」

　　媽媽笑了，她看見孩子眼瞳中映著自己的影像，清晰真切，像鏡子，像湖裡一泓清水。她對著孩子的眼瞳說：

　　「女媧歡歡喜喜地給泥娃娃取了個名字，一個很簡單的名字，叫做『人』。」

　　　　　　　　　　——選自《孩子你慢慢來》，臺北：印刻，2015 年

●問題與討論

1.作者龍應台在此篇文章中，所要傳達的內容意旨為何？它帶給你最大的印象與體會又如何？

2.作者在另一篇〈目送〉的文章中也是傳達親子之間的感情，請做一比較，並簡略的勾勒兩篇文章的藝術表現以及風格特色的異同。

3.不同世代之間的親子互動有不同的問題需要探討，請你分析自我成長過程中，你與父母之間的互動型態為何？又該如何進行有效的親子溝通？

•延伸閱讀

1.龍應台，《孩子你慢慢來》。
2.池莉，《立》。
3.角田光代，《第八日的蟬》。

（鄭瓊月　編撰）

詩詞選

·作者題解

　　《詩經》是中國最早的一部詩歌總集，收錄西周初年至春秋中期五百多年間的作品。《詩經》在內容上分爲〈風〉、〈雅〉、〈頌〉三個部分。〈風〉乃民間歌謠；〈雅〉是王畿樂歌；〈頌〉乃貴族宗廟祭祀之樂曲。〈召南·摽有梅〉是寫待嫁女子的心聲之詩；感慨青春易逝，當及時追求婚姻。〈鄭風·女曰雞鳴〉則是讚美夫婦和睦之詩。

　　杜甫，唐代詩人，字子美，河南府鞏縣人。杜甫被世人尊爲「詩聖」，與杜甫與李白合稱「李杜」。〈春日憶李白〉是杜甫的作品。此詩抒發了作者對李白的讚譽和懷念之情，全詩感情眞摯，文筆直率。詩人抒發懷念之情，並評價了李白詩歌的地位與風格。

　　李白，唐代詩人，字太白，號青蓮居士，隴西成紀人。被後人譽爲「詩仙」。〈沙丘城下寄杜甫〉是李白寓居沙丘懷念詩友杜甫所作。此詩以景帶出思念之情，言辭樸素無華，深刻地表現了兩位詩人之間的眞摯友誼。

　　柳永，原名三變，後改名永，福建崇安人，排行第七，時人或稱柳七。以屯田員外郎致仕，故又稱柳屯田。北宋著名詞人，作品流傳甚廣，其詞主要描寫男女之情與羈旅行役，後世通俗文學亦推崇柳永的地位。〈雨霖鈴〉將情人惜別時的眞情實感表達得纏綿悱惻，堪稱抒寫別情的千古名篇。

　　王建，唐代詩人，字仲初，穎川人。擅長樂府詩，與張籍齊名，世稱「張王」。〈渡遼水〉以戰爭爲題材，選取了士兵渡過遼河時的一個鏡

頭，用戰爭開始前士兵們沉重的心情來書寫，揭示了戰爭的殘酷。

夐虹（1940- ），本名胡梅子，臺灣臺東人。〈白色的歌〉是一首現代詩，全詩以「白色」為題，寫出了父母的劬勞，以及子女與父母之間的愛。

·課 文

女曰雞鳴 詩經·鄭風

女曰雞鳴[1]，士曰昧旦[2]。子興視夜，明星有爛[3]。將翱將翔[4]，弋[5]鳧[6]與雁。

弋言[7]加[8]之，與子宜之。宜言飲酒，與子偕老。琴瑟在御[9]，莫不靜好[10]。

知子之來[11]之，雜佩[12]以贈之。知子之順之，雜佩以問[13]之。知子之好[14]之，雜佩以報之。

---

[1] 雞鳴：指天明之前，與下文中的「昧旦」都是古人常用的形容時間的用語。
[2] 昧旦：指天將亮的時間。
[3] 有爛：即「爛爛」，明亮的樣子。
[4] 將翱將翔：指已到了破曉時分，宿鳥將出巢飛翔。
[5] 弋：射，用生絲做繩，繫在箭上射鳥。
[6] 鳧：野鴨。
[7] 言：語助詞。
[8] 加：射中。
[9] 御：此處是彈奏的意思。
[10] 靜好：和睦安好。
[11] 來：慰勞，關懷。
[12] 雜佩：古人佩飾，上繫珠、玉等，質料和形狀不一，故稱雜佩。此處指女子佩帶的裝飾物。
[13] 問：慰問，問候。
[14] 好：愛戀。

摽有梅 　　　　　　　　　　　　詩經・國風

摽[15]有[16]梅，其實七[17]兮；求我庶[18]士[19]，迨[20]其吉兮。

摽有梅，其實三兮；求我庶士，迨其今兮。

摽有梅，頃筐塈之[21]；求我庶士，迨其謂之。

春日憶李白 　　　　　　　　　　　　　　杜甫

白也詩無敵，飄然思不群[22]。

清新庾開府[23]，俊逸鮑參軍[24]。

渭北[25]春天樹，江東[26]日暮雲。

何時一樽酒，重與細論文[27]。

---

[15] 摽：擊也，敲打之意；一說「落地」。

[16] 有：于也；一說「語助詞」。

[17] 七：七成之意，謂梅樹上的果實有七成之多。象徵女子已達適婚年齡，如梅子成熟待採。

[18] 庶：眾多。

[19] 士：未婚男子。

[20] 迨：及，趁著。

[21] 頃筐塈之：塈，取也。頃筐塈之，象徵女子已超過適婚年齡許多，有如梅子熟透而紛紛掉落。

[22] 不群：不平凡，高出於同輩，思不群故詩無敵。

[23] 庾開府：指庾信在北周官至驃騎大將軍，開府儀同三司(司馬，司徒，司空)世稱庾開府。

[24] 鮑參軍：指鮑照南朝宋時任荊州前軍參軍，世稱鮑參軍。

[25] 渭北：渭水北岸，借指長安(今陝西西安)一帶，當時杜甫在此地。

[26] 江東：指今江蘇南部和浙江北部一帶，當時李白在此地。

[27] 論文：即論詩六朝以來，通稱詩為文。

沙丘城下寄杜甫 李白

我來竟何事，高臥沙丘[28]城。

城邊有古樹，日夕連秋聲。

魯酒[29]不可醉，齊歌空復情。

思君若汶水[30]，浩蕩[31]寄南征[32]。

渡遼水 王建

渡遼水[33]，此去咸陽五千里。

來時父母知隔生，重著衣裳如[34]送死。

亦有白骨歸咸陽，營家[35]與題[36]本鄉。

身在應無回渡日，駐馬相看遼水傍。

---

[28] 沙丘：指唐代兗州治城瑕丘。兗州，李白居住之沙丘城。

[29] 「魯酒」兩句：古來有魯國酒薄之稱。此謂魯酒之薄，不能醉人；齊歌之
豔，聽之無緒。皆因無共賞之人。

[30] 汶水：魯地河流名，河的正流今稱大汶河。

[31] 浩蕩：廣闊、浩大的樣子。

[32] 南征：南行，指代往南而去的杜甫。

[33] 遼水：指大小遼河，源出吉林和內蒙古，流經遼寧入海。

[34] 如：動詞，去。

[35] 營家：軍中的長官。

[36] 題：上奏呈請。

雨霖鈴[37]　　　　　　　　　　　柳永

寒蟬[38]淒切，對長亭[39]晚，驟雨初歇。

都門帳飲[40]無緒，留戀處，蘭舟[41]催發。

執手相看淚眼，竟無語凝噎[42]。

念去去[43]千里煙波，暮靄[44]沉沉楚天[45]闊。

多情自古傷離別。

更那堪，冷落清秋節。

今宵酒醒何處？

楊柳岸、曉風殘月。

此去經年，應是良辰好景虛設。

便縱有千種風情，更與何人說？

---

[37] 雨霖鈴：詞牌名。相傳唐玄宗入蜀時在雨中聽到鈴聲而想起楊貴妃，故作此曲。

[38] 寒蟬：蟬的一種。也稱寒蜩。

[39] 長亭：古時設在官道旁供旅客餞別或休息的地方。通常每隔十里設長亭，五里設一短亭。

[40] 都門帳飲：指在東都門外之城郊設帳餞行。

[41] 蘭舟：古代傳說魯班曾刻木蘭樹為舟。這裡用做對船的美稱。

[42] 凝噎：指悲苦氣結，不能出聲。

[43] 去去：離開以後。

[44] 暮靄：傍晚的雲霧籠罩著南天，深厚廣闊，不知盡頭。

[45] 楚天：指江南的天空。江南一帶，皆楚故地，故稱。

白色的歌

敻虹

爸爸的頭髮變成白的　　變成我心裡一首
白白的歌，悲傷的調子唱的
但是爸爸不以為然　　他說白頭髮蠻漂亮的
歲月算什麼　　逆境算什麼

媽媽的血壓很高　　睡眠不好　　我的憐憫從
她的嬰孩時期開始　　我想媽媽從前
也是一個可愛的嬰孩　　她的爸爸媽媽　　多麼疼她
如何能知道　　他們的寶貝，日後　　受那麼多苦難
雙手的皮膚龜裂[46]　指甲也不好看　　臉上也不好看

有時候我就怪爸爸　　為什麼不知道痛惜她
但是如果爸爸有幾天不在家　　她便那麼擔心害怕
一點也不是我想像　　她會仇恨他的　　那樣

因為我是他們的孩子　　就那麼不懂道理地　　牽掛
你就是對我說一百遍　　人總要變老變醜
我的心底仍為他們唱　　一首綿綿的悲歌
像古老的先民　　從四野唱
慢慢唱出一首首民謠　　那樣

---

[46] 龜裂：手足皮膚因寒冷或乾燥而坼裂。龜，通「皸」。

·問題與討論

1.《詩經》的〈召南·摽有梅〉是待嫁女子的心聲。現代世界倡導自由戀愛，在大學校園中你認為要如何與異性交往？如何找到適合自己的伴侶？

2.李白的〈沙丘城下寄杜甫〉以及杜甫的〈春日憶李白〉，都可看出詩人「以文會友」的人文素養；在現今網路流行之際，如何尋找良友？如何判定良友？又該如何與良友互動學習？

3.柳永之〈雨霖鈴〉，充滿著離別之情，如果有一天情人要與你分手了，你該如何面對生命中的傷心割愛？

4.王建在〈渡遼水〉中，揭露了戰爭的殘酷，目前的世界到處充斥著恐怖攻擊的威脅，如何讓臺灣的家園可以維繫長久的和平與安寧？

·延伸閱讀

1.《詩經》，〈鄭風·子衿〉。
2.《詩經》，〈唐風·葛生〉。
3.杜甫，〈客至〉。
4.王冕，〈歸家〉。
5.辛棄疾，〈清平樂〉。
6.鄭愁予，〈賦別〉。

（鄭瓊月　編撰）

細　柳

蒲松齡

·作者題解

　　蒲松齡（1640-1715），清代小說家（明崇禎-清康熙年間）。

　　字留仙，一字劍臣，別號柳泉居士，山東淄川人。自幼天資聰明，十九歲時應試，連中三元（縣試、府試、道試），但其後科場不利，到七十二歲，始補爲歲貢生（俗稱舉人）。四年之後，「依窗危坐而逝」。其一生不遇，在家敎書爲業，著作甚多，文言短篇小說集《聊齋誌異》是其最負盛名之作。

　　《聊齋誌異》共十六卷，凡四百九十一篇。本書可說是蒲松齡畢生心血結晶，他採集了民間傳說、野史佚聞，再經藝術加工而成。「集腋爲裘，妄續幽冥之錄；浮白載筆，儀成孤憤之書；寄託如此，亦足悲矣！」爲作者寫此書之目的。

　　本篇選自《聊齋誌異》卷七。內容描述一位堅強聰慧的女性細柳，雖然命運多舛，仍試圖扭轉其勢。身爲人妻，夫妻恩愛之外，還能發揮其經濟長才，使家計寬裕無虞；身爲繼母和生母，不計毀譽，爲求兩個浪子能眞心悔悟，走回正途，力求上進。正如異史氏（蒲松齡）所評：「此無論閨閫，當亦丈夫之錚錚者矣！」

·課　文

　　細柳娘，中都之士人女也。或以其腰嫋娜可愛，戲呼之「細柳」云。柳少慧，解文字，喜讀相人書。而生平簡默，未嘗言人

臧否[1]；但有問名[2]者，必求一親窺其人。閱人甚多，俱未可，而年十九矣。父母怒之曰：「天下迄無良匹，汝將以丫角[3]老耶？」女曰：「我實欲以人勝天，顧久而不就，亦吾命也。今而後，請惟父母之命是聽。」

時有高生者，世家名士，聞細柳之名，委禽[4]焉。既醮[5]，夫婦甚得。生前室遺孤，小字長福，時五歲，女撫養周至。女或歸寧，福輒號啼從之，呵遣所不能止。年餘，女產一子，名之長怙。生問名字之義，答言：「無他，但望其長依膝下耳。」女於女紅疏略，常不留意；而于畝之東南，稅之多寡，按籍而問，惟恐不詳。久之，謂生曰：「家中事請置勿顧，待妾自為之，不知可當家否？」生如言，半載而家無廢事，生亦賢之。

一日，生赴鄰村飲酒，適有追逋[6]賦者，打門而誶[7]。遣奴慰之，弗去。乃趣[8]僮召生歸。隸既去，生笑曰：「細柳，今始知慧女不若癡男耶？」女聞之，俯首而哭。生驚挽而勸之，女終不樂。生不忍以家政累之，仍欲自任，女又不肯。晨興夜寐，經紀彌勤。每先一年，即儲來歲之賦，以故終歲未嘗見催租者一至其門；又以此法計衣食，由此用度益紓。於是生乃大喜，嘗戲之

---

[1] 臧（ㄗㄤ；zang）否（ㄆㄧˇ；pi³）：是非善惡。

[2] 問名：古代婚嫁「六禮」之二，由男方派媒人至女家問其名字及生辰，用來占卜婚配之吉凶。「六禮」包括：納采、問名、納吉、納徵、請期、親迎。

[3] 丫角：古代女孩慣梳的髮型。

[4] 委禽：古代婚禮程序中多以「雁」為禮，此為「下聘」之意。

[5] 醮（ㄐㄧㄠˋ；jiao⁴）：古代男子成年禮或婚禮親迎前，父親酌酒使飲的禮儀。

[6] 逋（ㄅㄨ；bu）：拖欠。

[7] 誶（ㄙㄨㄟˋ；sui⁴）：責罵、斥責。

[8] 趣（ㄘㄨˋ；cu⁴）：通「促」，催促。

曰：「細柳何細哉：眉細、腰細、凌波[9]細，且喜心思更細。」女對曰：「高郎誠高矣：品高、志高、文字高，但願壽數尤高。」

村中有貨美材[10]者，女不惜重直致之。價不能足，又多方乞貸于戚里。生以其不急之物，固止之，卒弗聽。蓄之年餘，富室有喪者，以倍貲贖諸其門。生因利而謀諸女，女不可。問其故，不語；再問之，熒熒[11]欲涕。心異之，然不忍重拂焉，乃罷。

又逾歲，生年二十有五，女禁不令遠遊；歸稍晚，僮僕招請者，相屬於道。於是同人咸戲謗之。一日，生如友人飲，覺體不快而歸，至中途墮馬，遂卒。時方溽暑，幸衣衾[12]皆所夙備。里中始共服細娘智。

福年十歲，始學為文。父既歿，嬌情不肯讀，輒亡去從牧兒遨。譙訶不改，繼以夏楚[13]，而頑冥如故。母無奈之，因呼而諭之曰：「既不願讀，亦復何能相強？但貧家無冗人，可更若衣，便與僮僕共操作。不然，鞭撻勿悔！」於是衣以敗絮，使牧豕；歸則自掇[14]陶器，與諸僕啖飯粥。數日，苦之，泣跪庭下，願仍讀。母返身向壁，置不聞。不得已，執鞭啜泣而出。殘秋向盡，桁[15]無衣，足無履，冷雨沾濡，縮頭如丐。里人見而憐之，納繼室者，皆引細娘為戒，嘖有煩言。女亦稍稍聞之，而漠不為意。福不堪其苦，棄豕逃去，女亦任之，殊不追問。積數月，乞食無所，憔悴自歸，不敢遽入，哀求鄰媼往白母。女曰：「若能受百

---

9 凌波：形容女子步履輕盈飄逸狀。

10 材：棺材。

11 熒熒（一ㄥˊ 一ㄥˊ；ying² ying²）：閃動的樣子。

12 衣衾：死者入棺時所著的衣服與所覆之大被。

13 夏（ㄐㄧㄚˇ；jia³）楚（ㄔㄨˇ；chu³）：鞭打、責打。

14 掇（ㄉㄨㄛˊ；duo²）：搬、端。

15 桁（ㄏㄤˋ；hang⁴），衣架。

杖，可來見，不然，早復去。」福聞之，驟入，痛哭願受杖。母問：「今知改悔乎？」曰：「悔矣。」曰：「既知悔，無須撻楚，可安分牧豕，再犯不宥！」福大哭曰：「願受百杖，請復讀。」女不聽。鄰媼慫恿[16]之，始納焉。濯髮授衣，令與弟怙同師。勤身銳慮，大異往昔，三年遊泮[17]。

中丞楊公，見其文而器之，月給常廩，以助燈火。怙最鈍，讀數年不能記姓名。母令棄卷而農。怙游閒憚於作苦，母怒曰：「四民各有本業，既不能讀，又不能耕，寧不溝瘠死耶？」立杖之。由是率奴輩耕作，一朝晏起，則詬罵從之；而衣服飲食，母輒以美者歸兄。怙雖不敢言，而心竊不能平。農工既畢，母出貲使學負[18]販。怙淫賭，入手喪敗，詭託盜賊運數，以欺其母。母覺之，杖責瀕死。福長跪哀乞，願以身代，怒始解。自是一出門，母輒探察之。怙行稍斂，而非其心之所得已也。

一日，請母，將從諸賈入洛；實借遠遊，以快所欲，而中心惕惕[19]，惟恐不遂所請。母聞之，殊無疑慮，即出碎金三十兩，為之具裝；末又以鋌[20]金一枚付之，曰：「此乃祖宦囊[21]之遺，不可用去，聊以壓裝，備急可耳。且汝初學跋涉，亦不敢望重息，只此三十金得無虧負足矣。」臨行又囑之。怙諾而出，欣欣意自得。至洛，謝絕客侶，宿名娼李姬之家。凡十餘夕，散金漸盡。自以巨金在囊，初不意空置在慮；及取而斫[22]之，則偽金耳。大駭，失色。李媼見其狀，冷語侵客。怙心不自安，然囊空

---

16 慫（ㄙㄨㄥˇ；song³）恿（ㄩㄥˇ；yong³）：從旁勸誘、鼓動。
17 遊泮（ㄆㄢˋ；pan⁴）：明清科舉，凡通過州縣考試錄取為生員，稱為遊泮。
18 負：以肩承物。
19 惕惕（ㄊㄧˋ ㄊㄧˋ；ti⁴ ti⁴）：憂心、恐懼。
20 鋌（ㄉㄧㄥˋ；ding⁴）：通「錠」。
21 宦囊：當官時所存餘的積蓄。
22 斫（ㄓㄨㄛˊ；zhuo²）：以刀斧砍削之。

無所向往，猶翼姬念夙好，不即絕之。俄有二人握索入，驟縶項領，驚懼不知所為。哀問其故，則姬已竊偽金去首公庭矣。至官，不能置辭，梏掠幾死。收獄中，又無資斧，大為獄吏所虐，乞食於囚，苟延餘息。

初，怙之行也，母謂福曰：「記取廿日後，當遣汝之洛。我事煩，恐忽忘之。」福請所謂，黯然欲悲，不敢復請而退。過二十日而問之。歎曰：「汝弟今日之浮蕩，猶汝昔日之廢學也。我不冒惡名，汝何以有今日？人皆謂我忍，但淚浮枕簟[23]，而人不知耳！」因泣下。福侍立敬聽，不敢研詰。泣已，乃曰：「汝弟蕩心不死，故授之偽金以挫折之，今度已在縲紲[24]中矣。中丞待汝厚，汝往求焉，可以脫其死難，而生其愧悔也。」福立刻而發；比入洛，則弟被逮三日矣。即獄中而望之，怙奄然面目如鬼，見兄涕不可仰。福亦哭。時福為中丞所寵異，故遐邇[25]皆知其名。邑宰知為怙兄，急釋之。怙至家，猶恐母怒，膝行而前。母顧曰：「汝願遂耶？」怙零涕不敢復作聲，福亦同跪，母始叱之起。由是痛自悔，家中諸務，經理維勤；即偶惰，母亦不呵問之。凡數月，並不與言商賈，意欲自請而不敢，以意告兄。母聞而喜，并力質貸而付之，半載而息倍焉。

是年福秋捷，又三年登第；弟貨殖累巨萬矣。邑有客洛者，窺見太夫人，年四旬，猶若三十許人，而衣妝樸素，類常家云。

異史氏曰：「黑心符[26]出，蘆花變生[27]，古與今如一丘之貉[28]，良可哀也！或有避其謗者，又每矯枉過正，至坐視兒女之放縱而

---

[23] 簟（ㄉㄧㄢˋ；dian[4]）：竹蓆。

[24] 縲（ㄌㄟˊ；lei[2]）紲（ㄒㄧㄝˋ；xie[4]）：監獄。

[25] 遐（ㄒㄧㄚˊ；xia[2]）邇（ㄦˇ；er[3]）：遠近。

[26] 黑心符：書名。唐‧于義方著，內容敘述時人娶繼室之害，以警示子孫。

[27] 蘆花變生：指二十四孝中閔子騫單衣順母的故事。

[28] 一丘之貉（ㄏㄜˊ；he[2]）：同一座山丘上的貍，比喻同樣低劣，毫無差別。貉，貍也。

不一置問,其視虐遇者幾何哉?獨是日撻所生,而人不以為暴;施之異腹兒,則指摘從之矣。夫細柳固非獨忍於前子也;然使所出賢,亦何能出此心以自白於天下?而乃不引嫌,不辭謗,卒使二子一富一貴,表表於世。此無論閨闥[29],當亦丈夫之錚錚[30]者矣!」

·問題與討論

1. 蒲松齡如此盛讚細柳的人品,你認為「細柳」這位女性人物有哪些特質值得我們學習呢?
2. 對於細柳教育孩子的態度和方式,你有何看法?
3. 現代社會重組家庭的比例攀升,請從夫妻、親子、手足的角度來探討可能產生的問題。

·延伸閱讀

1. 蒲松齡,《聊齋誌異》卷十:〈珊瑚〉。
2. 王定國,《誰在暗中眨眼睛》:〈細枝〉。
3. 新加坡電影,「爸媽不在家」。

(劉怡廷　編撰)

---

[29] 閨(ㄍㄨㄟ;gui)闥(ㄊㄚˋ;ta⁴):女子居住的內室。
[30] 錚錚:形容人品卓越出眾。

婚　禮

阿布

・作者題解

　　阿布（1986-　），本名劉峻豪。詩人、散文作家。長庚大學畢業。曾駐史瓦濟蘭醫療團外交替代役，現為精神科專科醫師。作品曾獲教育部文藝創作獎、聯合報文學獎、時報文學獎、懷恩文學獎首獎、香港青年文學獎首獎等。著有散文集《來自天堂的微光》、《實習醫生的祕密手記》、遊記《絕色絲路　千年風華》、詩集《Déjà vu 似曾相識》等。

　　〈婚禮〉選自《實習醫生的祕密手記》。作者曾於林口長庚及台大醫院實習，《實習醫生的祕密手記》是他在實習期間，面對各個醫學專科知識和工作環境上的好奇探索、醫病關係互動的所聞所思，以及生死悲歡的觸動。本篇記錄了一場在腫瘤科病房中舉行的婚禮，在死亡降臨之前的大喜，在巨大的衝突中，突顯的是生命中的無奈和一種溫柔的延續。

・課　文

　　我背著背包來到值班樓層，卻發現整個護理站忙進忙出，有人在平常開會用的長桌上架設投影機，有人在牆壁上用雙面膠貼上紙彩帶（那種小學時用來布置生日會場的便宜貨）；現在剛好是下午五點多，白班¹差不多忙完準備下班，小夜班²護理師與值

---

¹ 白班：指醫院內護理人員輪班制中正常上下班的班別，一般是早上八點至下
　午四點。
² 小夜班：一般是下午四點至晚上十一點。

班醫師還沒有很多事要做的時刻，因此人力充足，連別層樓的剛下班的醫學生們都跑下來湊熱鬧。

「今天發生什麼事啊，怎麼這麼多人？」好不容易逮到了一個當科的實習醫師，我趕緊發問。

「聽說有病人的家屬要結婚了，她們在幫忙布置。」

「結婚？怎麼會有人要在醫院結婚啊？」

「不知道，我也是聽別人說的。或許有什麼特殊的理由吧。」

「借過借過，蛋糕要來了！」醫院樓下麵包店的店員推著一個大蛋糕進到討論室，我趕緊閃邊，讓出門口給那個平常用來推厚重病歷的推車通過。護理長提了一袋拉炮在人群中穿梭，不管是醫學生或護理師，每個人手上都領到了一個；如同真正的婚禮會場那樣，投影機放出新人交往過程的溫馨照片回顧，蛋糕擺在桌上，燈光也暗了下來。

人愈來愈多，只是遲遲不見新郎新娘的影子。

外面又一陣騷動，人潮紛紛往外撤出。護理師推著一個病床過來，床上躺了一個吊點滴、戴著氧氣面罩的老人。我看到那老人的第一印象，像是博物館裡的木乃伊一樣，有著葡萄乾般的皺臉，與棉被底下縮得很小的身軀。病房用的電動床艱難地轉彎，擠進原本就不大的討論室，裡面幾乎沒有其他空間了；這樣的病床應該推去做電腦斷層或什麼其他的檢查，而不常被推進討論室的。

忽然最外圍響起了掌聲，新郎牽著白色婚紗的新娘撥開人群走了進來。病房主任與科主任都到了，一位胖胖的主治醫師充當證婚人，護理長做司儀，此時有人用筆電接上音響，放起了結婚進行曲。

雖然新郎新娘都穿著正式的禮服，但場面還是說不出的怪。

不只是因為討論室太小又太擠了，而且這場婚禮的來賓都穿著工作用的白衣，脖子上掛著聽診器；洗手檯旁突兀地放置了碘酒洗手器，投影布幕後方的白板上，還隱約寫著今天晨會的教學內容。

旁邊一位護理師小聲告訴我，那個躺在病床上的老人是腫瘤科³的病人，已經到末期了，最大的願望是看到女兒出嫁；但是身體狀況又不適合離開醫院，主治醫師提議說，乾脆我們在病房自己舉辦婚禮好了。

負責證婚的主治醫師是一個平常嚴肅的中年人，此刻還是穿著白長袍，好像才剛結束門診匆忙趕過來，拿起麥克風看著小抄唸：「你願意娶她為妻嗎，今生今世不管任何時候，都願意愛她、照顧她？」他結結巴巴，像被拱上臺的小學生，臉上擠出的微笑有些彆扭；或許腫瘤科主治醫師口中宣布的，絕大多數都是壞消息，不太習慣這個喜氣洋洋的場合，擔任給人祝福的職位。

新郎小聲但堅定的說：「是的，我願意。」全場歡聲雷動。新郎從口袋裡拿出結婚戒指，套在新娘的無名指上。

拉炮聲在討論室裡響起。忽略其他不合時宜的擺設，黑暗的背景中瀰漫著白色煙霧，幸福的彩帶紛飛，新郎在眾人的起鬨中淺淺地吻了新娘，的確像極了在禮堂舉辦的真正婚禮。我偷偷觀察那個因為戴著氧氣罩而全程一言未發的老人，似乎在這個時候眼睛閃過一絲特殊的光芒，那或許是安心、高興、又更多是不捨的神情，像黑夜完全籠罩大地之前最後的魔幻晚霞，那種將雲朵與天空渲染成橘色的短暫光瀑⁴，一閃即逝。

---

³ 腫瘤科：指「血液腫瘤科」，是內科系重要的次專科之一。主要負責血液疾病及惡性及良性腫瘤之診斷與治療。

⁴ 光瀑：又稱「火燒雲」。出現於日出或日落時的天空，是光線折射的現象；即所謂的「朝霞」、「晚霞」。

•問題與討論

1. 倘若自己或至親好友即將面對死亡，你覺得對自己（或對他人）最需要做的是什麼呢？

2. 什麼是「臨終關懷」？請從身、心、靈三個方面來探討臨終關懷的必要性和可行性。

•延伸閱讀

1. 傅志遠，《醫生不醫死——急診室的 20 個凝視與思考》。
2. 王秋鳳，《病房內的春天》。
3. 電影，「一路玩到掛」。

（劉怡廷　編撰）

買義、行善與社會工作

彭懷眞

·作者題解

　　彭懷眞，臺灣大學社會工作學士、碩士，東海大學社會學博士。曾任中華民國幸福家庭促進協會理事長，以及政府相關部會之委員，自1999年起主持中廣新聞網「5L俱樂部」。目前任教東海大學社會工作系、衛生福利部愛滋防治及感染者權益保障會委員、衛生福利部心理健康促進諮議會委員、總統府性別平等小組委員。其專長為非營利組織與管理、人力資源、婚姻與家庭、志願服務等。從事實務工作之外殷勤於寫作，在報章雜誌發表文章評論數十年，出版專業及其他種類書籍五十餘本。

　　作為一位長期培育社會工作者的教授，作者透過本文表達了對有志從事社會工作學生的期許。他舉戰國時齊國謀士馮諼為孟嘗君「買義」的故事，說明「行善」能成就個人或整體社會的美好。社會工作者是具專業素養的「幫助者」，但一般人「取之於社會」，也應當「用之於社會」，一同創造一個和諧美好的生活環境。

·課文

　　對於種種環境問題，許多專業都各自貢獻所長，希望能阻止生態的惡化。雖然每個專業所能做的都有限，但集眾人之力及眾人之智慧，多少能保護我們珍愛的地球，減緩生態惡化的速度。另一方面，對於人口老化、教育改革、災後重建、貧窮犯罪等影

響廣泛的難題，無數專業都被寄望能提供知識、技術、經驗。各種問題雖複雜嚴重，只要多些人才多些關懷，解決問題的力量必定能更強而有力。任何個人、家庭、社區、企業、學校、非營利組織、宗教機構，都生存於社會，從社會獲得資源，也應為社會做些有意義的事。任何人才，其實都獲得社會的某些幫助，若能將所知所學和更多人分享，對整個社會就有加分效果。個人的才華也更有價值，能幫助好些人。「人人為我，我為人人」絕非陳腔濫調，而是「個體與社會」正確連結的方式。扮演這些連結工作的，可能是社會工作者。

今日大家都知道要做形象，最珍貴的形象正是行善。歷史上有位謀士馮諼[1]，他幫助齊國孟嘗君「買義」，傳為千古佳話。近代有位作家劉俠[2]，幫助身心障礙者有更美的人生，也為人們推崇。社會很需要這些行義行善的人，透過行善來買義，最合算也最長久。

物理學家霍金[3]雖然行動不便，但他忍受著所有生理的限制，坐在輪椅上以三根手指寫了《時間簡史》等好書，造福無數人。

---

[1] 馮諼（ㄒㄩㄢ；xuan）：戰國齊國人，為孟嘗君門下食客。其著名事蹟為燒毀契據為孟嘗君「市義」，穩固了孟嘗君日後的政治地位。是一位深具遠見的戰略家。

[2] 劉俠（1942-2003），筆名杏林子。十二歲那年罹患類風溼關節炎，一生為病痛所纏繞，卻將對生命的熱情化為文字創作，出版了三十餘本著作。創立「伊甸殘障福利基金會」，造福了無數的殘障人士。最後雖因看護工之不慎導致死亡提早到來，仍不忘叮嚀世人：「要把所有的愛和祝福留給親人和天下人」。

[3] 霍金：Stephen William Hawking（1942-2018），出生於英國。二十一歲時罹患肌肉萎縮性側索硬化症（盧伽雷氏症），全身癱瘓，不能言語，全身只剩三根手指可以活動。其主要研究領域是宇宙論和黑洞，證明了廣義相對論的奇性定理和黑洞面積定理，提出了黑洞蒸發理論和無邊界的霍金宇宙模型。是近代成就奇偉的物理學家。

數學家約翰奈許[4]長期罹患精神疾病，但他的創見和毅力為他贏得諾貝爾獎，描述他一生奮鬥歷程的電影《美麗境界》也感動千萬觀眾。大陸學者余秋雨[5]本只是文化學者，他寫了好些探索歷史、地理和文化的好書，帶給不計其數讀者知性和感性。很多人因為他，對文化有了興趣，對各種現象有了好奇心及反省力。

世界上有錢的人很多，但像洛克斐勒[6]那麼有名又有貢獻者如鳳毛麟角。這位靠「標準石油」起家的有史以來第一位億萬富翁，將龐大財富多用於慈善事業。他大力支持醫學研究，又到處贊助教育工作，無數女性及黑人受其幫助因而有機會享受知識之美。也由於洛克斐勒的榜樣，美國大企業家對社會公益總是盡點力，太過自私的有錢人難免受批評。

相對的，在台灣好些富人並沒有善用其財富來創造社會的善。所謂的理想，只不過是「有利就想」，汲汲營營於權力的追求。對於前途，只不過是「有錢就圖」，對私利非常積極，對公益就很馬虎。這些富人過著極為奢侈的生活，在酒色財氣裡一擲千金，自己是「揮霍錢財，花天酒地」，不管好些人在苦難之中，「窮人吃苦，怨天怨地」。

在這種只顧到私利卻罔顧他人需要的風氣之中，許多有錢人在欲望和聲色犬馬中載浮載沉，對社會的公理正義完全沒有幫

---

[4] 約翰奈許：John Nash（1928–2015），出生於美國。年僅二十二歲便取得普林斯頓大學數學博士學位，被寓為「天才」。三十歲那年罹患了精神分裂症，多次進出精神病院。二十多年後奇蹟似地康復。1994 年，與 John C. Harsanyi、Reinhard Selten 同獲諾貝爾經濟學獎。

[5] 余秋雨：余秋雨（1946– ），出生於浙江省餘姚縣，是中國著名的當代文化學者與作家。1987 年被授予國家突出貢獻專家的榮譽稱號。散文集《文化苦旅》是其代表作。

[6] 洛克斐勒：John D. Rockefeller（1839–1937），出生於美國，創立了「標準石油公司」，是世界上第一個億萬富翁。

助。如果他們能將用來收買政客或女人的金錢用來從事教育、研究、濟助貧困、照顧弱勢，一定能幫助很多人，為所擁有的財富創造出真正的社會意義。有好些企業花大錢吃大餐弄大場面，如果能省下一些開銷來行善，該有多好。

行善就是幫助各種有需要的人，人總是有苦難，怎麼解釋這些苦難是哲學問題，怎麼處理和減輕人們的苦難則是社會工作專業者最關心的。像是場面最恐怖的空難，罹難者原本快樂地從機場出發，從地上到了天空，不幸由天空掉入海水中，也就一起由這個世界到了另一個世界。也許可以用「蝴蝶」來形容他們。為了「飛行」（fly），而羽化升天，像蝴蝶（butterfly），飛走了。

無數人心中都有一連串疑問：「為什麼？」為什麼原本準備去玩、去擴展視野、去服務別人、去實踐理想的一群人就在瞬間走了，永遠沒辦法到達預計中的目的地？為什麼在晴空萬里的天空，飛機不航向目的地卻墜落地面？

然而，最有權利問「為什麼？」的人，已經像蝴蝶般集體飛走了，結束在人間的一切。他們以悲壯的方式走向死亡，以慘不忍睹的畫面，告別了人世。他們的家人，忍不住要代替他們問：「人生，真是這麼殘酷嗎？」

還好有蝴蝶這種美麗的動物讓我們知道在蛻變的意義，這些飛機上的人以另一種生命形式飛翔走了，與親友分隔。像莊子夢到自己變成蝴蝶，快速飛行的蝴蝶，飄飄然彷彿在無重力的空間中，忽然夢醒了，又回到莊子的實體了。莊周和蝴蝶的分別，是形體的變幻，也可以表示任何人的生死。

臨終關懷的倡導者庫伯勒・羅斯[7]去過希特勒興建的一些集中

---

[7] 庫伯勒・羅斯：Elisabeth Kübler・Ross（1926-2004），出生於瑞士。是一位精神科醫師，也是國際知名的生死學大師，全球安寧療護運動的創始人之一。

營，她發現牆上一再出現蝴蝶的圖畫，每間營房的牆上都是密密麻麻的蝴蝶，是由在這裡等待進毒氣室的猶太人所繪的。為什麼一些知道必死的人在不同的牢房都以「蝴蝶」表達心境呢？她思考這個現象，開始對各種面對死亡挑戰者的關懷。因此，在她的回憶錄《天使走過人間》中如此描述：「有些花兒只開放幾天，每個人都讚賞它們，喜愛它們，把它們當作春天和希望的象徵。然後，它們就凋謝了，但它們已經做完它們該做的事……」然後她推動臨終關懷，鼓勵專業人士從事對有死亡困者的協助，其中最重要的服務者除了醫生與護士外，就是社會工作者。社工人員安慰、支持、協助完成心願，並且幫助家屬度過生離死別的時刻。如果家庭有經濟上的需要，社工人員也能幫忙找尋社會資源。

想到生死，最令人難忘的是劉俠女士，她畢生以殘缺的生命來向社會呼籲：要多關懷弱勢。即使她的死亡，也是與社會福利的缺失有所關聯。她因外籍看護的不當對待而死亡，大家的心都很沉重，有些人因而批評外籍監護工。但是，誰需要外籍監護工？是社會中最可憐的人：重度殘障、植物人、老人痴呆症患者、中風癱瘓者、重度精神病患等等。這些人行動極其不便，疾病又難以痊癒，非常需要幫助。但是，誰來照顧呢？兒女、老伴、朋友等親朋管道是不夠的，只能靠外人。這些弱勢者需要能配合想法的人在身邊。結果來個不容易溝通的外國人，對方學歷差，可能連做一個現代公民都有困難，卻要對方負起照顧病患的責任，怎麼會不出問題？

這些外籍監護工其實也是可憐人，她們遠離家鄉親人，到陌生的地方從事著大多數人都不想做的工作，有苦無處傾訴，有困難不知如何求助。她們生活的世界是多麼狹窄、多麼痛苦？誰是她們的朋友？哪一些機構給她們安慰與支持？別忘了，她們也是

人，也有人權和人的需要啊！她們實在需要和相同處境的人在一起聊聊，這是任何到異鄉生活的人共同的心境。如果外籍監護工也有支持系統，也能獲得關懷及諮詢，她們所照顧的弱勢者因而會得到較好的對待吧！因此社會工作者基於專業給予有效的協助，否則繼續任由弱勢者與弱勢者互相折磨，無數的悲劇伴隨著層出不窮的人道事件都將繼續發生。

　　社會工作者身分的特徵是「幫助人」，是輔助者、關懷者、從旁配合的。到底什麼是「幫助者」？助人專業有何特性？這方面在「職業社會學」中有所討論。在《成為幫助者》這本書中說明：他們有著與其他職業不同的特質，這群人的共同需求主要是：產生影響力、能獲得回報、想照顧他人、渴望被需要等等。本職是專業心理諮商人員的作者提醒：「把助人做為職業並不適合太多人，需具備獨特的個人特質，包括敏銳、樂於與人相處、熱情、有同理心、具彈性、喜好從別人身上得到回饋、自我統整、能成為模範、具洞察力等。」至少，助人者要喜歡與人相處，因為他的工作就是不斷與人互動。他們也要習慣面對問題，因為各種社會問題使他們在壓力中服務。

　　現代社會。人們從小到大都有不同的壓力和各種的困擾，經常面對「力不能勝、筋疲力竭」的困境，這一連串心中的苦實在需有各種人給予幫助。社會工作者和心理輔導、精神治療等專業人員共同以專業的知識和技巧適當引領。眾多的自殺者、情緒崩潰者、精神失常、心理憂鬱、生活困頓、人際困擾、貧苦無依、老弱障礙、受虐者……，若有社會工作者多些關懷，對當事人能有些幫助，對整個社會都是珍貴的祝福。同時，社會工作者也透過對社會福利的倡導、公共政策的改進、社會問題的研究等方法從較寬廣的角度影響更多人。

　　任何職業都須被人們所需要，也得經得起各界期待的驗證。

尤其是專業工作，少不了專業文化、專業組織、道德規範、社會認可等要件，任何有志投身社會工作領域的人都需要接受專業教育的訓練、亦需在這個處處嚴格要求的年代中長期接受社會的考驗。

——選自《海納百川：知性散文作品選》，臺北：聯合文學，2005 年

•問題與討論

1.請詳讀《史記‧孟嘗君列傳》及《戰國策‧齊策》，對馮諼這位歷史人物予以評價。

2.何為「善行」？「行善」是否要具備一定的條件？你認為一個大學生是否有能力「行善」？

3.你對作者所言：「在臺灣好些富人並沒有善用其財富來創造社會的善」，有何看法？

•延伸閱讀

1.司馬遷，《史記‧孟嘗君列傳》。

2.杏林子，《杏林小記》。

3.電影，「美麗境界」。

（劉怡廷　編撰）

急水溪事件

阿盛

·作者題解

　　阿盛（1950-　），本名楊敏盛，臺南新營人。臺灣散文作家，「阿盛」為其筆名。東吳大學中文系畢業。曾於《中國時報》擔任記者、編輯、主編、主任等職務。自言是一位「寫字者」。著有散文集《兩面鼓》、《行過急水溪》、《綠袖紅塵》、《火車與稻田》、《民權路回頭》，小說《秀才樓五更鼓》等，作品多篇收入高中及大學國文教材。

　　〈急水溪事件〉原刊載於 1984 年 1 月 10 日《中國時報》人間副刊，後收錄於九歌出版社出版之《行過急水溪》散文集。〈急水溪事件〉是以整治急水溪這件事為主軸，以嘲諷的筆法，刻劃小鎮居民及周遭相關人士短視近利的心態。作者以「事件」兩字，作為文章發展的骨架；發生事件的時間是 1980 年代，地點在作者家鄉臺南縣；事件的起因，在於鄉民賴以生活的「急水溪」，每逢颱風季節就會氾濫成災，從官方到民間因此合力籌錢修堤，共同整治急水溪。文中提及急水溪整治問題曾在三個年代浮現：日治時代、民國四十八年、以及民國六十九年到七十一年這三年的時間，本文主要著墨於第三次整治過程發生的種種現象，深刻地反映出人性的自私以及複雜的文化特性。

・課文

　　小城裡的居民第一次痛下決心要整治急水溪[1]，是在民國四十八年。根據小城公所的檔案資料，那一年八月大水災過後，總計急水溪拖走了五百頭大小肥瘦不等的土豬、四十甲半人高的紅甘蔗、六千隻番鴨水鴨、二十甲綠頭殼的稻子，另外，有四個吃稻米長大的正好趕上農曆七月打開的鬼門關，其中包括一個學業成績很好的小學生，依照許多父老的說詞，水龍王不識人，否則這聰明的小學生保不定將來能唸上大學，甚至當小城代表賺大錢。

　　事實上，當年的整治急水溪大計，之所以猛如過山風地展開，卻又驟如西北雨地收停，正是與錢有關。台灣錢固是淹腳踝，小城居民可硬是彎腰撿不到足夠修堤的錢。當然，這並不表示小城很窮，事實上，樓房一年比一年多，人們一年比一年吃得好，街道更寬了，寺廟翻新了，神誕做醮[2]沒有一次不熱鬧，魚菜市場沒有一天缺過貨，喜慶宴客擺出三四十桌酒席是尋常事，出殯行列裡有十輛電子音樂車演奏最新流行歌也不怎麼稀奇；而，事實上，直到民國六十九年，修堤的錢仍然沒有著落。一樣的月亮，一樣地照著急水溪，一樣的流水，一樣地流過蔗田豬舍鴨寮，要不是那年九月下了幾場罕見的大雨，急水溪差點再度改變了安樂的世界，居民很可能不會注意到，什麼時候溪畔變得如此的擁擠？

　　小城代表們多半是聰明的小學生出身的，雖然事業各有專攻，平時各自經營雜貨店、碾米行、酒家、茶室、當公司工廠顧

---

[1] 急水溪：急水溪位於臺灣南部，屬於中央管河川，幹流長度 65 公里，流域面積 379 平方公里。發源於臺南市白河區阿里山山脈關子嶺附近，並由臺南市南鯤鯓王爺港流入海。

[2] 醮：僧道設壇祈神的儀式。

問、當寺廟佛堂董事，忙得熱乎，但是九月那幾場大雨總算澆涼了賺大錢的腦筋，同時很快地發現，被農作鴨群擠得成了蛇扭形的急水溪，非得痛下決心整治不可了。

修堤大計猛如九月颱地展開之後，籌款的速度快得令居民的嘴巴張開兩寸，半分鐘之久還合不攏。有人以小人之心揣測，縣裡急急撥下經費，似乎與選舉有聯繫，可是代表們以君子之腹否定這類謠傳；有人以細民[3]之知猜度，某議員的大舅子的朋友的親戚，好像包了一些工程，可是議員們以大人之量澄清這類風言。於是，作業立刻起始，堤線立刻定案，徵地立刻進行，並且立刻遭到叫人傻眼的難題。

問題出在徵地。由於小城居民很少曾經到過大埠[4]去長期闖蕩，因此出門在外碰得一臉紅橙黃綠藍靛紫的機會不多，也因此保有小城人的那種小聰明，徵地的難題就出在小聰明上頭，圍溪築堤必然會損及養鴨戶的權益，必然會迫使蔗田停耕，必然會造成飼豬者的困境，必然會公價收購私人土地，那麼，當事人不趁此做一筆生意，必然對不起妻子兒女。

就為了鴨戶豬戶田主地主的妻子兒女，代表議員廠商官員們祇好暫時讓急水溪繼續七彎八拐地流下去，流著流著，而日曆掛在牆壁，一天撕去一頁，真叫人心裡著急。時光如白駒過隙，轉眼六十九年悄悄過去，急水溪畔的鴨兒仍舊悠然自得地將頭伸進水中，呷呷追逐在竹子圈起來的水塘裡，甘蔗抬頭望天，稻子低首看地，約克夏種洋豬的糞便不改往昔地流入溪流，堤線內的私有土地上三三兩兩的不聲不響的突然冒出幾棵果樹、幾幢茅草寮。七十年的春季來臨了，轉個身就走得無影無蹤，夏季說到就到，誰都知道，夏季裡天上掉下來的可不是蘇芮唱的那種冰冷的

---

[3] 細民：小民、一般百姓；或指見識淺陋、肚量狹小的人。
[4] 大埠：指大都市。

小雨[5]。

大雨來得正是時候，八月底，急水溪拖走了少少幾隻鴨，一小片地瓜田，倒是滋潤了嘉南平原上渴旱已久的稻歉。九月初，大雨來得不是時候，急水溪帶來了大大的山土與一截截的粗樹枝，雨水不斷灑在小城居民的頭上，短短一個晝夜，小城各處的水溝與路面幾乎全部無法辨認，木材廠的木片原材漂流在街道上，市場裡浮出來的爛菜垃圾四方擴散，雞貓屍體隨地可見，居民撩起褲管收這拾那，屋子裡的入水與溪水共一色，落雨與向屋子外揮動的面盆齊飛，每個地方都有人在問：雨哪會落不停？

雨是停了近半天，路上的水剛退到淹腳踝，遠遠的山裡又傳來了雷聲，雷帶雨，雨帶風，風雨掃得小城居民一直在罵天公。這一回，連坐鎮在溪邊高地上的玄天上帝都差點被水沾濕了腳，戲院、茶室、餐廳、市場全部關門，急水溪畔的蔗稻瓜鴨全部消失，自來水不自己來了，電線也不來電，廣播電台那個專門賣大補丸以及三百元一架照相機的播音員，卻在風雨聲中講了一個大約衹有他自己笑得出來的笑話，意思是說，四十年前，日本人想整治急水溪，卻遭到小城居民設計潑了一身糞便……日本人無可奈何……可見我們是很聰明的民族……聽眾若要購買虎眼牌相機，請撥電話……云云。

小城居民確實是很聰明的，這可以從大水退後的兩件事看出來，其一是雨勢小緩之後，街道上就有人穿著短褲在撈掇[6]木材、抓鴨子，涉水撈木抓鴨而曉得穿上短褲，智商自是不低；再者，水退後十多天，父老即發動居民建醮酬謝玄天上帝，蓋大水不敢淹過神明足板，顯然是玄天上帝一腳將水踢走的，想得出這一個

---

5 蘇芮唱的那種冰冷的小雨：指電影「搭錯車」的主題曲—「一樣的月光」。
6 撈掇（ㄅㄨㄛˊ；duo²）：從水中撿取東西。撈，另有「用不正當手段取得」之意。

增進小販、香燭店買賣的話題，自是智商不低；要不是廟會上來了幾位代表，說些合作修堤、節約拜拜、響應徵地之類的勸詞，父老居民們是會對這次的熱鬧活動完全滿意的。

正經說來，九月大水未嘗沒有洗刷出好處來，端的這是痛下第三次決心的大好時機。地主田主豬戶鴨戶的心到底是給雨澇泡軟了，還是讓縣裡的論法律論利弊嚇軟了，由於人心隔肚皮，無從查悉；至於到處流布的諸如事關選舉、大舅子的什麼人得好處等等耳語，由於小城居民多深明大義，認為無稽，以是謠言止於智商不低者，不須查悉。反正大好時機篤定抓住了，小城南郊的修堤工程終於實實在在，一步一足痕，一鏟一堆土的積極進行了。

急水溪一小段一小段地被拉直，工程進行得堪稱順利，說是堪稱順利而不引述報紙所報導的極為順利，乃是因著其中不免碰上一點小問題，比如採沙場抱怨禁止挖溪床的公告，比如農戶的未收割的糧作被工程車壓倒了，比如有些地主後悔領了法定補償費，不停的寫陳情書，比如——，其實這種種都是小比如，真正糟糕的大比如是，坐落在南郊面向溪畔的佛堂執事諸人突然使出驚人之舉，聲言堤防不該高過佛堂山門，理由是，我佛慈悲，擇此靈地，堤若擋門，大壞風水。

和尚出招，難為修堤人，眼見著堤防即將完成，偏缺這麼一小段不能動工，小城居民有點憤怒了，後來經過好事者查證，得知佛堂雖非依山而築，卻不乏靠山，這靠山不定高如阿里山，可在小城居民心目中，總比靠著自家牆壁來得強，因此憤怒逐漸平息。同時，在七十一年夏季將到之際，除了佛堂那一段之外，修堤工作全線完成，平息下來等待佛爺點頭。

佛爺未點頭，天公淚先流，許是上蒼明鑒，就在嘉南大圳的水位日益見底時，八月再一次順道捎來豐豐沛沛的禮物，農家喜

得眉角額頭放亮，而南郊佛堂的和尚卻急得頂上無光。溪水不偏不倚地從缺口灌入，淹沒了出家人辛苦種下的菜圃，淹沒了那座為著避免擋住我佛視界而造低了的山門，淹沒了圍牆，淹沒了佛堂堂門，拜墊漂走了，桌椅漂走了，存糧浸了水，菜罐油罈漂走了，還有，靈骨塔也浸了水，我佛在上，塔底層的骨罈，搶救不及，也漂走了，阿彌陀佛。

急水溪此番拖走了多少骨罈，即使邀來全國的統計學家亦無能算計結果，原因在於佛堂上下人等嚴守出家人不問俗事的戒律，並且在水退後立即關閉前後左右各門，埋頭整治佛堂內部諸事，絕不透出一絲信息。兩天之後，各門打開，小城居民一如往常進進出出，間或有人問起靈骨塔的事，佛堂中人總是很慈悲地微笑，神態安詳地指說沒什麼，塔好好的，骨罈破了幾個，早理妥了，一切順當。

第四次痛下決心完成急水溪堤防的，不是小城居民，是佛堂的董事們。修堤工程很快地接續進行，佛堂甚至主動撤移山門圍牆，主動提出不要求添加補償費的決議；再且，為了中元普渡節約拜拜，破例取消往年廣發寄骨喪家邀請函的慣習。小城裡有些聰明人對此事不免會表示意見，這些意見歸納起來有四點，首先，八月大雨那天，有人眼見急水溪中漂游著不少兩尺高的罈子，莫非是……，其次，有人到佛堂祭親人，發現罈子換了……再次，捨得普渡節的大筆香油錢，個中因由……，還有，水退後，佛堂兩邊廂房的平頂上何以一連幾天都在曝曬一大堆白白的小物件……。不過，事情就好在，小城居民縱使世面見得不廣，天性裡倒有某一點與大埠裡的飛車黨相近似，那就是即使眼見路上出車禍，頂多也是心跳三幾分鐘，減速十來公里，脈搏恢復正常躍動之後，該怎麼踩油門還是怎麼踩油門。

職是，小城居民至今仍然很快樂地天天吃著急水溪灌溉長成

的蓬萊米，仍然很肯定地相信自家的兒女比別人聰明，當然，他們鐵打的會考上大學，將來當不當得上小城代表不緊要了，頂要緊的是日後能賺大錢……。職是，同樣的月光，同樣地照著急水溪，儘管溪床日漸淤積，小城居民至今仍然沒去注意到，農作鴨兒什麼時候又把溪畔變得這般的擁擠？

——選自《行過急水溪》，臺北：九歌，2010 年

・問題與討論

1. 臺灣的河川整治過程中，經常會遇到徵地的問題，或者是破壞風水之民間信仰迷思等問題，身為一位社會的公民，當如何解決此類的衝突？
2. 請蒐集急水溪流域的相關資料，包括流域內的景點和經濟活動等，具體討論急水溪帶給地方、以及區域發展帶給急水溪本身的利弊得失。
3. 作者以自己土生土長的生活環境為文，描繪出經濟發展與環境生態保護之間的矛盾，請問該如何在「經濟」與「生態」之間取得平衡？未來在制定河川整治政策時，又該如何處理「個人利益」與「公共利益」之間的衝突？

・延伸閱讀

1. 墨子，〈兼愛篇〉。
2. 翁台生，〈痲瘋病院的世界〉，《報導文學讀本》。
3. 吳明益，〈寄蝶〉，《迷蝶誌》。
4. 黃春明，〈溺死一隻老貓〉，《莎喲哪啦，再見》。

（劉怡廷、鄭瓊月　編撰）

蘭嶼行醫記

拓拔斯・塔瑪匹瑪

・作者題解

　　拓拔斯・塔瑪匹瑪（1960- ），漢名田雅各，布農族人。高雄醫學院醫學系畢業。大學時期曾加入校內的阿米巴詩社。1981 年發表以自己的族名為題的短篇小說〈拓拔斯・塔瑪匹瑪〉，獲高醫「南杏文學獎」小說類第二名，獲得文壇矚目。1986 年以短篇小說集《最後的獵人》獲得「吳濁流文學獎」；1991 年以散文集《蘭嶼行醫記》獲得「賴和醫療文學獎」。拓拔斯・塔瑪匹瑪的祖父是布農族頭目，父親是牧師，在此家庭環境下成長，使他對原住民的處境、生命格外關注和尊重。醫學院畢業後，他主動申請至蘭嶼衛生所服務，此後始終以原住民的醫療服務為其重要職志，有「臺灣原住民族的史懷哲」之稱。

　　《蘭嶼行醫記》集結了作者 1987 至 1991 年在蘭嶼行醫時的作品。雖然皆名為臺灣的「原住民」，但，來自「山的民族」—布農族的作者遇上了「海的民族」—達悟族，一樣產生了極大的文化衝突。作者無意誇飾這類的衝突，或將其詼諧化以娛眾，反倒是透過這些真實記錄的小故事，帶領讀者進入尊重異族群文化、關懷偏鄉醫療等的深沈思考中。全書共 72 篇短文，本課僅選錄〈第一個清晨〉、〈比比腳就知道〉、〈不快樂的星期六〉、〈魚〉、〈他的感覺已在新船身上〉、〈藍色大冰箱〉等 6 篇。

・課　文

第一個清晨

　　眼睛張開，我看見了蘭嶼[1]的第一個清晨。鼻子漸漸恢復知覺，深深吸一口氣，空氣味道不比家鄉差，只是多一股藥味，原來我睡在病房。

　　這一天我尚未上班，必須先妥善處理住宿問題，然而內心急著想看看全島狀況，拜訪島上人民。我騎一部公務機車，順著同事指引的方位騎去。

　　不到半天的時間，我繞了全島一圈，走進六個部落[2]，遇上許多和善的老人，我以國語、幾句日語並用手腳與他們交談，島民對衛生所的觀感可綜合三點：

　　一、衛生所醫生常不在，好不容易湊錢搭公車去衛生所，看不到醫生又浪費車錢。

　　二、衛生所的醫生亂看病，嘴巴不開，也不用眼睛，手拿筆在病歷表畫完就給藥，害得島民不敢吃藥。

　　三、衛生所的藥很差，有些人到臺灣看病，那些有名的醫生沒看過衛生所的藥。

　　帶了許多埋怨聲回衛生所，內心自勉，爾後慢慢消減他們的不良印象，仔細看病，並時時進修以應付求診的島民。

比比腳就知道了

　　走進衛生所，看到十幾個人坐在候診椅，我親切地與他們打招呼；有人露齒微笑，有的人不耐煩地回禮。我邊走邊斜眼看壁

---

[1] 蘭嶼：位於臺東縣東南外海，是臺灣第二大島。原名「紅頭嶼」，因島上盛產蝴蝶蘭，後改稱「蘭嶼」。島上居民約 88%為達悟族。

[2] 六個部落：蘭嶼島上共有六個部落：紅頭、漁人、椰油、朗島、東清、野銀。

上的掛鐘，八點二十分。

走到掛號室前我停頓一會兒，左耳殼貼近掛號室的小窗口，兩眼正朝向候診病患，耳鼓膜接收不到掛號室內任何呼吸聲。我突然感到很尷尬地垂下眼目，避開他們的眼光，迅速轉進掛號室準備幫病人掛號。

八點三十五分，護士小姐們陸續趕來上班，我故不吭聲安靜地看病，病人一個個按順序進來，然後拿處方籤領藥。

「施ＸＸ」

叫了幾聲，一聲比另一聲尖銳，但仍然不見人影。我覺得奇怪地起身探頭看，一位老人低頭坐在候診椅，於是請達悟族同事幫忙翻譯，請最後一位待診的老人進來。

老人踏著Ｏ字型腳步走進來，邊走邊叫，聲調尖銳，嘴臉擠成生氣的形狀。上一回我因猜錯雅美[3]人的臉色而表錯情，這回不敢斷定老人是否生氣。

「他身體不舒服嗎？」我問翻譯的同事。

「他問我你是不是政府派來的醫生，還問你看病怎麼那麼慢？到底會不會看病？」我不知如何解答這些問題，仔細看病難道錯了嗎？剛剛有個病人因我的細心找到了病源，我才正為此事感到自傲哩！

「瑪你達蘇英英嗯？」我以剛學來的達悟問診語言問他。

「哦！你會達悟語，我這裡痛。」他兩手指著膝蓋。

「有跌倒或撞傷過嗎？」我伸手去感覺他的右膝關節。

「過去醫生開的處方對病痛有幫助嗎？」

「你怎麼這樣囉嗦？以前醫生看我比比腳就知道了。」達悟

---

3 雅美：1897年，日本人類學家鳥居龍藏至蘭嶼調查，稱當地原住民為Yami，因此島上居民自稱為雅美族。1998年行政院原住民委員會應雅美族人之要求，將其正名為「達悟族」（Tao）。

同事把老人的話譯成國語。

處方開完，病人臨走前表情看來不很高興。

協助翻譯的同事向前安慰我。「你可能不相信，有些醫生不很甘願地被政府派來，有時一個月內不見蹤影。他們聽不懂達悟語，但手開處方時不會發抖，有次藥房小姐因不敢拿藥給病人服用，於是哭著跑回宿舍。」

我稍稍明白了，為什麼他們不習慣醫生慢慢看病的原因。

不快樂的星期六

中午，樓上行政辦公室傳出吵鬧聲，同時有人提行李走下樓，興高采烈地告訴我，今天是星期六。

假日的海似乎懂得取悅人，任何人看到它真想緊緊地趴在沙地上。下班後，我趕快換上泳褲，提相機跑去，打算泡海水直到日落。

路經紅頭[4]小沙灘，已有許多遊客在沙地上擠成一推。有人穿整齊衣服，有人穿著迷人的泳衣，他們手上拿各種名牌相機猛拍照。

我好奇地走向人群，把我的雜牌相機藏在腋下。

他們偶而比手劃腳，偶有傳來爆笑聲。我找到一個人寬的空隙，看到十幾張拾元鈔票前站著一位僅穿丁字帶裸身的達悟老人。

達悟老人彎腰拾起鈔票後，臉色羞答答地兩手平放腿上，每條肌肉明顯地刻劃出扭曲的紋路，宛如被罰站而每個細胞生氣的小學生。

遊客們擺出各種姿勢猛按快門，不知他們想捕捉什麼畫面？

我掉頭走向沙灘，走到漲潮海浪衝上岸的沙地，脫下球鞋光

---

[4] 紅頭：指紅頭村。

著腳底接觸微細砂粒，我拖著腳向前走，心裡一陣陣癢感。

眼前出現兩位遊客，她們如姐妹般並肩躺在沙地上。七月熱得可穿透人體的太陽，毫不保留地將她們的美映入我的眼底。

我立即拿相機瞄準她們，正準備捕捉住上帝創造的美，有個粗魯的喊叫聲，差點震掉我手上的相機。

淺灘上同時出現一個男人，追逐波浪迅速跑上岸來，五官擠成一堆，露出兩顆大門牙。

「喂！不要亂來，試試看，我會讓你的底片泡海水。」

兩位女遊客摸著半露的臀部，莫名其妙站起來，跑到那男子旁，呆呆地臉孔還不知發生什麼事。

「只照一張，可以嗎？多少錢我照付。」我鎮定地回答。

「我們才沒有那麼賤，休想以金錢買我們的人格。」兩位美麗的女遊客異口同聲地罵道。

魔鬼般不友善的嘴臉令我感到不安，趕緊說聲抱歉，轉身就走回去。

我邊走邊踢沙石，內心悶悶不樂，怎麼遇上這樣的星期六。

魚

八月，蘭嶼正享受陽光最親密的愛顧；我整天在門診室裡工作，依然感覺到它的溫暖。下午不到下班時間，我的心早被吹過窗門的海風拉走。進藥房整理醫藥箱後，準備前往野銀部落，訪視一位海洋獵人，他得了一種特異疾病，病發時好像魔鬼拿木釘鑽入全身大骨關節裡。

跨上摩托車，騎到沿海岸伸展的環島公路，右側海面反射耀眼的光線，使我近視過重的兩眼不敢直視海水，只能感覺它的藍，以及無法形容的美。偶而瞇眼欣賞路邊肥肥的地瓜葉與草叢，追逐受驚逃跑的候鳥。

上月初來蘭嶼衛生所報到，心裡興奮壓抑住天生靈敏的感覺；如同進入奇異世界，樂昏了頭。今天才發現更美麗的景物，就如路旁清澈透底的大海，香甜的空氣，柔軟的臉型種種，一切溫馨感覺，增加我對陌生地的神秘感。

我扭轉油門手把加足馬力，繼續往野銀部落駛去。

騎到部落外半公里處，我放慢車速，斜坡上部落正面對斜陽，反射回來的光線照得部落分外明顯，家家戶戶庭院前擠著一堆堆的人，他們祭拜什麼嗎？

停住機車，手提醫藥箱走入部落。

走近一戶庭院，看見他們正剖開魚肚子，有人把嘴移向魚頭，嘴唇一收緊，食道與肚子強力收縮，半秒鐘後，臉上露出稱讚的笑容。他們生吃魚眼睛。心想這是他們眼力好的理由吧！

「國該夷（你好），那是什麼魚？」

「哦！它們叫女人魚[5]，姑依尚（醫師）。」

「賣我五條，可以？」

「不行，不能賣。」

「三條就好？」

他繼續剖開魚身，沒有答話。

他堅決不賣的態度把我愣住，原以為口袋裡的五百元鈔票可以換得鮮美的女人魚。我低頭悄悄走開，不敢問為什麼？

走到另一家，他以他的魚是親戚分送為藉口，很有禮貌地拒絕我。

「賣給姑依尚是可以，萬一被參加撈魚的朋友知道後，不但要受責罵，恐怕以後再也分不到魚。」

---

[5] 女人魚：達悟族按性別和年齡將魚分為女人魚（oyod，好魚）、男人魚、老人魚（與男人魚同為 raet，壞魚）以及小孩子的魚（好魚）。女人魚所有的人都可以吃，男人魚則只有男性可以吃，老人魚只有老人可以吃。

習慣以金錢取得任何事物的我，此時此地發現金錢的無能。我不願再碰釘子了。埋頭避開他們豐收的喜悅，快快走到我來看診的病人家裡。

進到蘭嶼傳統地穴屋[6]裡，直接跟病人交談，追踪他的病情，再次確定診斷是潛水夫病之後，再次給予症狀療法。

病人蓋著一塊可避邪的麻布，揉著打完針的手臂，口裡說出感謝的達悟話。

「姑依尚，你想吃魚嗎？」

病人似乎瞭解我心中欲望，他無力地喊叫屋前正處理魚的兒子，拿兩條新鮮魚送我，我毫不遲疑地雙手收下，然後說了一堆謝謝。

走出野銀部落，我慢慢覺悟，誠懇原來比金錢更有用。

他的感覺已在新船身上

倒回六個月圓以前，病患的兒子因為很孝順，不忍心看見父親被不知名的病魔糾纏。於是東貸西借湊了一筆錢，又為減輕家人在金錢上的心理負擔，選擇搭蘭嶼輪船遠赴臺灣就醫。住院期間，醫師細心地反覆全身檢查之後，最終確定診斷為胃癌。至於進一步的處治方法，他們沒心情也沒能力再聽下去了，病患似乎也曉得是無以抵抗的病魔，他堅持返回美麗的蘭嶼島；他發願在斷氣之前，將製造蘭嶼木船的特殊技藝傳遞給他兒子。

兩個月前的某一天，病患因肚子劇烈疼痛而他兒子跑來衛生所，要求醫師出診，從此我才知道我們照顧的二千九百多蘭嶼人中，他已靜靜地承受好幾個月癌細胞侵擾。有時不必等到病患家

---

[6] 地穴屋：或稱地下屋，指的是屋體築於地下，地面只露出屋頂的主屋。是達悟族人為適應蘭嶼的地形和氣候而發展出的房屋形式。達悟族的房屋分為主屋、工作屋和涼臺三部分。

屬的叫喚,好像我搶了公衛護士的工作,我經常主動去訪視,每次看著他沒病似地專心以斧頭削齊每塊木板,很細心地安裝船板。他擔心木板間縫滲水,因而危害他兒子生命,他總是按部就班地完成每個步驟,戰戰兢兢唯恐有絲毫疏漏。每次去探訪時,我可以感受他如礁岩般堅硬的決心。我曾努力建議他暫時停擺費力的造船工作,試著接受現時治癌的新方法,但他堅決不離開造舟工作,讓我懷疑蘭嶼船的新生命比人命更珍貴嗎?!

自從他被確定胃癌診斷之後,我本以為他的命運如教科書上寫的一樣,以為除了麻醉管制藥劑才止得住他的痛。每次我去訪視,當他正專注在造船工作上,他的靈魂好像已在新船上,腦細胞喪失了患癌症恐懼的知覺。他唱即興式達悟詩歌時,我幾乎忘了癌細胞正啃嗜他的肉體,難怪他不奢望去臺灣治療,寧願待在新船工作房等候我給的止痛安慰劑,堅持在家接受體液補充治療。

近一、兩週以來,他的臉面如枯木般失去血色。也許他知道身靈將一個個捨棄他已枯瘦淡白的軀體,為要親眼看小船下水,親臨人生最後一次的下水儀式,接受當人一生中至高榮耀;他已沒有工夫把達悟特有意義的美麗圖案雕刻在船身上,他決定儘可能拖延生命,只用顏料彩繪蘭嶼船的紋飾,新船下水已是唯一的期待。

今天下午騎機車去訪視他,走到院子前,清楚聽見悅耳的達悟詩頌,飄自他家客廳窗門。雖然我儘量不聲不響地進屋子裡,但還是打斷了他們的歌聲,他兒子面有責難的顏色,但仍以興奮的口氣小聲地告訴我,蘭嶼船的創造工程終於完成了,他們現在正練習吟唱達悟詩頌。

我轉頭注視患者,除了嚼檳榔的牙齒依舊紅,顏面的紅棕色消失了,眼鞏膜已像夕陽天邊一般黃,我判斷癌細胞早已轉移肝

臟了，於是很嚴肅地再提議轉診臺灣。他搖搖頭好醫藥已不具任何意義，他兒子也不表示意見，他們只要妥善預備設宴慶祝新船下水儀式。

他們繼續吟唱詩歌，好像不知道我已悄悄地離開了。

藍色大冰箱

一條五個男人臀部寬的水泥路貫穿部落，形成一條鮮明分界線，我走到水泥路上，雙眼隨著兩腳左右張望，右側是一排排國民住宅，國宅建築師的大腦好像沒有美麗腦迴條紋，建造單調無味的作品；轉半個頭往左看，達悟主屋、工作房、涼屋依地形而建，房舍的線條好似與海浪起伏共舞。每次停下來觀賞達悟真正的房屋，口裡總是驚讚達悟人創造美的智慧。於是就近欣賞並體驗傳統達悟生活，變成屢次造訪野銀部落的驅動力了。

探視三位在家休養的病人後，兩手提著無法拒絕的飛魚乾及紫皮地瓜，路過家家戶戶各有特色的房屋，兩眼不禁想多看房屋的木板，欣賞木板上的雕刻。遇見達悟人時，互相親切地說聲國該夷（你好）。走回大馬路，一位教會牧師站在他水泥房門前向我招手，好像是邀請我進屋作客，他是我在蘭嶼第一位認識的牧師，我雙腿毫不扭捏地轉向他家，因為我知道達悟文明沒有虛情假意的高級動作。

我的臉一進門，嘴巴尚未出聲問安，穿著運動短褲的牧師直截地問我要不要吃魚？真不愧是牧師，他已看到我此刻心靈的需求。自從兩腳踏進蘭嶼之後，以往厭惡魚腥味的嗅覺神經好像斷掉了，反而吃上癮。我毫不考慮地點點頭，故意忘了謙虛，我不願錯過吃魚的好機會。

牧師引我走過客廳，穿越廚房，走進堆滿漁具的倉庫，我的胃慢慢膨脹，騰出空位預備吃魚。冰箱難道也擺倉庫，我心裡猜

想著。

　　他由陰暗的牆角拉起兩根竹子，竹棍間是一張細網。他扛上右肩，轉頭叫我一起去拿魚。聽到還要下海捉魚，我的胃突然變得很空虛，趕緊吞下幾口唾液，混和胃分泌腺準備消化魚肉的胃酸，勉強添補空位，隨後跟上牧師沒有鞋印的腳步。

　　走到海水與沙石交界處，牧師很不放心地叫我停住站在沙地上，然而我不服輸似壯膽跟到礁石上，他已跳進淺灘裡。

　　純藍的海水不斷沖打礁岸，浪花打在他身上，他看來很享受，向右撈一下，往左撈一下，好像他可以看到海裡的魚，他專心地撒網撈魚。

　　我小心翼翼地站在鋒利的珊瑚礁上，看見他跑前又退後若干回，好像他會變魔術，腰間的網袋已放兩條一個腳板大的女人魚，然後收網回家。

　　回家途中，我一直讚美他的捕魚技術，雖然沒有手錶計算他的能力，好像我的腳尚未站得發酸。他不因我許多的讚美而露出一點笑容，反而深深地嘆一口氣。外來人尚未登陸蘭嶼前，海洋森林曾經是達悟祖先共有的生存領域，他們很自然地與大自然共存。有一天臺灣政府學日本國插一塊布就稱蘭嶼是他們的國有土地，一艘艘的軍船運載軍人與犯人，開墾達悟人與天共有的土地；隨後臺灣漁船越過大海溝，任意侵犯達悟人的漁獵場。他們不了解大自然的規則，好像閉著眼大肆殺海中生物，視為私有財產般大量運送臺灣漁市場，將臺灣人的貪慾表露無遺，俾使蘭嶼近海漁量漸減。如果是以前，兩腳還沒站的感覺，就可以回家煮魚了。

　　走回牧師的水泥屋，牧師娘高興地將兩條魚帶進廚房，牧師帶我坐上他保存僅有的達悟式涼屋，聽他聊起部落的過去與未來。

正談到蘭嶼的未來，牧師娘走來端上一盆熱噴噴的魚湯，轉身再端上一盆清澈的冷清湯，牧師跳下涼屋幫師母來回廚房端食物。涼屋地板擺上了一盤地瓜、一盤芋頭、一盤未曾見過的糕類食物。我預備好的腸胃忽然強力收縮，好像很興奮，馬上可以享受一頓飽，然而不見中國碗匙與筷子，突然好像走到不說中國話的國家，我不知如何開動享用眼前美食。

善於察眼觀色的牧師了解我的困難，親切地邀我跟上他的動作，首先在原以為是冷清湯的木盆洗手，牧師合手開口謝天禱告。阿門之後，右手拿小刀切一塊芋頭糕；左手由木盤抓塊魚肉，裝入我身前的木碗，告訴我可以開動了。

這是我首次享用達悟餐，雖因不熟悉而動作笨拙，但胃腸的消化動作比平時更勤快，不久，就將木板上的食物吃得精光。

肚子裝飽後，嘴巴才逮到機會講話，我請教剛吃進胃裡食物的料理方式，牧師娘毫不保留地教一遍，終於我了解在臺灣為何不吃魚鰓，煮魚原來不必加油添醋，新鮮就等於好吃，就如人的真誠不必添加物一般。

起身離開牧師的涼屋時，抬頭一望無際的大海，我恍然大悟，大海原來就是達悟人取之不盡的藍色大冰箱。

・問題與討論

1. 你對蘭嶼和島上的達悟族人有何印象？請進一步蒐集相關資料，討論是否因此對蘭嶼和達悟族人有不同的認識。

2. 透過本課選文，整理出達悟人眼中的「臺灣人」和「臺灣文化」是什麼樣子。請討論這些看法是否中肯或有所偏頗。

3. 臺灣的偏鄉或離島在教育或醫療資源向來較缺乏。請分成小組，各小組選定一資源缺乏地區，以報導文學的方式，分享當地居民的匱乏和需要。

·延伸閱讀

1.瓦歷斯·諾幹，〈遙遠的聲音〉。

2.夏曼·藍波安，《冷海情深》。

3.侯文詠，《離島醫生》。

（劉怡廷　編撰）

回饋學習單

第二單元

通向世界

巴揚寺的微笑／蔣勳

南半球的冬天／余光中

流浪的藝術／舒國治

大唐西域記序／玄奘

秋之旅／金耀基

味蕾炎涼／王盛弘

車過巴勒斯坦難民營／西西

單元導讀

　　王羲之《蘭亭集序》云：「仰觀宇宙之大，俯察品類之盛；所以遊目騁懷，足以極視聽之娛，信可樂也。」又感慨「況修短隨化，終期於盡。古人云：『死生亦大矣。』豈不痛哉！」總結全文。人處於天地之間，面對自然世界與人文世界，人與世界的關係，可以從感知、學習、思考、創造等層面來探討。而「仰觀宇宙之大，俯察品類之盛」是面對世界時的態度，「遊目騁懷，足以極視聽之娛」則是個人內心情感之投射，久而久之將累積並內化成個人行為及人格特質。「修短隨化，終期於盡」是觀察世界而得到的智慧，最終激盪出「死生亦大矣」之情懷與警惕，衍繹成珍惜光陰、活在當下的生命哲思。至於面對人文世界的種種思考；如語言文化、典章制度、科技文明等等，將引領我們透過薪火相傳的方式，成為歷史長河的一份子。

　　《周易·賁卦》：「觀乎天文，以察時變；觀乎人文，以化成天下。」天地四時、日月風雲，如父母親人一樣的和我們血脈相連，呵護我們生存所需求的一切。而人文化成的文化、文明，則是處處值得我們興發感動之痕跡。我們在世界的脈動中成長、學習，同時架構人生豐富充實之內涵，並思考生命更廣闊、更積極的意義，共同為創造更美善的世界而努力。

　　本單元選文七篇，古文部分有玄奘大師西行取經十七年，完成開啟唐朝國際視野的《大唐西域記》，敬播獻上朝廷時所寫的〈大唐西域記序〉；現代文學部分有蔣勳〈巴揚寺的微笑〉、余光中〈南半球的冬天〉、舒國治〈流浪的藝術〉、王盛弘〈味蕾炎涼〉、金耀基〈秋之旅〉、和西西新詩〈車過巴勒斯坦難民營〉等六篇作品。

巴揚寺的微笑

蔣勳

·作者題解

　　蔣勳（1947- ），出生於陝西西安，戰後舉家移居臺灣。父親為福建長樂人，服務於糧食局，母親是陝西西安駐防正白旗滿洲人。蔣勳自小成長於臺北大龍峒，他認為自己的母語是西安的地方方言。蔣勳畢業於文化大學史學學系和藝術研究所。於 1972 年到法國留學，1976 年返臺。在繪畫創作之餘，蔣勳也在文學界勤勞勤耕，他出版過多本詩集、並曾擔任臺灣早期美術刊物《雄獅美術》的主編。在法國留學時，他曾參與當地華人無政府主義組織，並辦了刊物《歐洲通訊》，後來因故退出。在大學擔任教職時，曾撰文聲援美麗島事件的王拓，因而遭到革職。

　　蔣勳以花卉、水景繪畫受到藝術界重視，也以美學的教學和省思受到學生喜愛。又曾經主持警察廣播電臺廣播節目「文化廣場」，相當受到好評，獲得 1988 年的金鐘獎。自 2004 年起，於 IC 之音電臺主持每週五晚間八點節目「美的沉思」，再度獲得 2005 年廣播金鐘獎最佳藝術文化主持人獎。蔣勳涉獵領域博洽，作品包括散文、小說、詩畫集、藝術論述、藝術鑑賞、有聲書等。美學的蔣勳，在藝術體系中灌注人文與感性，流露溫柔敦厚的底蘊。文學的蔣勳，則有著另一番文學風情。詩人蔣勳爽颯濃烈、小說蔣勳幽默機智、散文蔣勳關照生命，在不同的文學形式裡，蔣勳也有著不同的面貌。近年來，致力於美學之推廣與教學，《紅樓夢》有聲書系列講座廣受歡迎。

　　名作家張曉風曾經論蔣勳之成就：「蔣勳善於把低眉垂睫的美喚醒，讓我們看見精燦灼人的明眸；善於把沉瘂瘖滅的美喚醒，讓我們聽到恍如

鶯啼翠柳的華麗歌聲。蔣勳多年在文學和美學上的耕耘，就時間的縱軸而言，他可算為人類文化的孝友之子，他是一個恭謹謙遜的善述者。就空間上的橫軸而言，蔣勳是這個地域的詩酒風流的產物，是從容、雍雅、慧黠、自適的人。」

〈巴揚寺的微笑〉收錄於蔣勳《吳哥之美》散文集，為旅行文學著名的作品。內容記述前往吳哥窟旅行途中之見聞，及於面對歷史人文陳跡之興懷感悟，化為對人生追求的種種省思。

吳哥王朝從九世紀掘起，十二世紀在加亞巴爾曼七世的領導下國力達於頂峰，十五世紀被滅國，直到十九世紀法國探險家重新發現這個璀璨的古文明。微笑高棉是國王加亞巴爾曼七世的臉與佛教佛陀的臉合一所創，典型的王權與神權合一的統治體制。基本上，吳哥窟也算是古寺廟的巡禮。

·課 文

巴揚寺四十九座尖塔上一百多面靜穆的微笑，一一從我心中升起，彷彿初日中水面升起的蓮花，說服我在修行的高度上繼續攀升……

吳哥王朝的建築端正方嚴，無論是尺度甚大的吳哥城，或是比例較小的寺院，都是方方正正的布局，有嚴謹的規矩秩序。

宇宙初始，在一片混沌中，人類尋找著自己的定位。

中國「天圓地方」的宇宙論，在漢代時已明顯具體地表現在皇室的建築上。「明堂」四通八達，是人世空間的定位：「辟雍」是一圈水的環境，象徵天道循環時間的生息不斷。

吳哥王朝來自印度教的信仰，空間在嚴格的方正中追求一重一重向上的發展。通常寺廟建築以五層壇城的形式向中心提高，由平緩到陡斜。每一層跨越到另一層，攀爬的階梯都更陡直。角度的加大，最後逼近於九十度仰角。攀爬而上，不僅必須手腳並

用，五體投地，而且也要專心一意，不能稍有分心。在通向信仰的高度時要如此精進專一，使物理的空間借建築轉換為心靈的朝聖。稍有懈怠，便要摔下，粉身碎骨；稍有退縮，也立刻頭暈目眩，不能自持。

壇城最高處是五座聳峻的尖塔。一座特別高的塔，位於建築的中心點，是全部空間向上拔起的焦點，象徵須彌山，是諸神所在之地。

歐洲中世紀的哥德式教堂也追求信仰的高度，以結構上的尖拱、助拱、飛扶拱（Flying Batress）來達到高聳上升的信仰空間。

但是，哥德式大教堂的信仰高處，只能仰望，不能攀爬。

吳哥寺廟的崇高，卻是在人們以自己的身體攀爬時才顯現出來的。

在通向心靈修行的階梯上，匍匐而上，因為愈來愈陡直的攀升，知道自己必須多麼精進謹慎。沒有攀爬過吳哥寺廟的高梯，不會領悟吳哥建築裡信仰的力量。

許多人不解：這樣陡直的高梯不是很危險嗎？

但是，從沒有虔誠的信徒會從梯上墜落，墜落的只是來此玩耍嬉戲的遊客。吳哥寺廟的建築設計當然是為了信徒的信仰，而不會是為了玩耍的遊客。

我一直記得吳哥寺的階梯，以及巴揚寺的佛頭寺塔。

巴揚寺是闍耶跋摩七世（Jayavarman VII，在位 1181–1219[1]）晚年為自己建造的陵寢寺院。他已經從印度教改信了大乘佛教，許多原始慾望官能的騷動，逐漸沉澱昇華成一種極其安靜祥和的微笑。

---

[1] 1181–1219：闍耶跋摩七世最後統治年分，另有 1215、1220 年等說法。

使我在階梯上不斷向上攀升的力量，不再是抵抗自己在恐懼慌亂的精進專一，而似乎更是在寺廟高處那無所不在的巨大人像臉上靜穆的沉思與微笑的表情。

闍耶跋摩七世使吳哥的建築和雕刻有了新的風格。

印度教觀看人性的種種異變，就像吳哥寺石壁上的浮雕，表現印度著名史詩《羅摩衍那》的故事。羅摩的妻子喜妲（Sita）被惡魔拉伐那（Ravana）搶走了，天上諸神因此加入了這場大戰：天空之神因陀羅（Indra）騎著三個頭的大象；大翼神鳥迦魯達（Garuda）飛馳空中，載著大神毗濕奴（Vishnu）降臨；猴王哈努曼（Hanuman）也率徒眾趕來，咧張著嘴唇的猴子，圓睜雙目，露出威嚇人的牙齒……

戰爭，無論諸神的戰爭或是人世間的戰爭，到了最後，彷彿並沒有原因，只是原本人性中殘酷暴戾的本質一觸即發。

晚年的闍耶跋摩七世，年邁蒼蒼，經歷過慘烈的戰爭，似乎想闔上雙眼，冥想另一個寂靜無廝殺之聲的世界。

我攀爬在巴揚寺愈來愈陡直的階梯上，匍匐向上，不能抬頭仰視，但是寺廟高處四十九座尖塔上一百多面靜穆的微笑，一一從我心中升起，彷彿初日中水面升起的蓮花，靜靜綻放，沒有一句言語，卻如此強而有力，說服我在修行的高度上繼續攀升。

戰爭消失了，屍橫遍野的場景消失了，瞋怒與威嚇的面孔都消失了，只剩下一種極靜定的微笑，若有若無，在夕陽的光裡四處流盪，像一種花的芳香。連面容也消失了，五官也消失了，只有微笑，在城市高處，無所不在，無時不在，使我想到經典中的句中：不可思議。

這個微笑被稱為「高棉的微笑」。

在戰亂的年代，在飢餓的年代，在血流成河、人比野獸還殘酷地彼此屠殺的年代，他一直如此靜穆地微笑著。

他微笑，是因為看見了什麼？領悟了什麼嗎？

或者，他微笑，是因為他什麼也不看？什麼也不想領悟？

美，也許總是在可解與不可解之間。

可解的，屬於理性、邏輯、科學；不可解的，歸屬於神祕、宗教。

而美，往往在兩者之間，「非有想」、「非無想」。《金剛經》的經文最不易解，但巴揚寺的微笑像一部《金剛經》。

那些笑容，也是寺廟四周乞討者和殘疾者的笑容。

他們是新近戰爭的受難者，可能在田地工作中誤觸了戰爭時到處胡亂埋置的地雷，炸斷了手腳，五官被毀，缺眼缺鼻，但似乎仍慶幸著自己的倖存，拖著殘斷的身體努力生活，在毀壞的臉上認真微笑。

我是為尋找美而來的嗎？

我靜坐在夕陽的光裡，在斷垣殘壁的瓦礫間，凝視那一尊一尊、高高低低、大大小小、面向四面八方、無所不在的微笑的面容。遠處是聽障者組成的樂班的演奏，樂音飄揚空中。

我走過時，他們向我微笑，有八、九個人，席地坐在步道一旁的樹蔭下，西斜的日光透過樹隙映照在他們身上。一個男子用左手敲打揚琴，右手從肩膀處截斷了。拉胡琴的較年輕，臉上留著燒過的疤痕，雙眼都失明了。一名沒有雙腳的女子高亢地唱著。

我走過時，他們歡欣雀躍，向我微笑。

我知道，在修行的路上，還沒有像他們一樣精進認真，在攀爬向上的高梯間，每次有暈眩，他們的笑容便從心裡升起。

他們的笑容，在巴揚寺的高處，無所不在，無時不在。

哭過、恨過、憤怒過、痛苦過、嫉妒過、報復過、絕望過、哀傷過……一張面容上，可以有過多少種不同的表情，如同《羅

摩衍那》裡諸神的表情。當一切的表情一一成為過去，最後，彷彿從污泥的池沼中升起一朵蓮花，那微笑成為城市高處唯一的表情，包容了愛恨，超越了生死，通過漫長歲月，把笑容傳遞給後世。

　　一次又一次，我帶著你靜坐在巴揚寺的尖塔間，等候初日的陽光，一個一個照亮塔上閉目沈思的微笑，然後，我也看見了你們臉上的微笑。

──選自《吳哥之美》，臺北：遠流，2013年

・問題與討論

1.你接觸過旅行文學嗎？請說明旅行文學之內涵。
2.以旅行文學之規格，寫一篇你自己的旅行遊記。

・延伸閱讀

1.舒國治等，散文集，《國境在遠方》。
2.徐弘祖，《徐霞客遊記》。
3.電影，『敦煌』。

（李幸長　編撰）

南半球的冬天

余光中

·作者題解

余光中（1928－2017），福建泉州永春人，生於南京，故亦自命為江南人。臺灣當代著名文學家，藍星詩社知名詩人，文學界巨擘，愛荷華大學藝術碩士，曾任國立中山大學講座教授，著有新詩、散文、評論、翻譯等凡五十餘種，多篇作品選入臺灣、中國大陸、香港及設有華文課程的大學、中學教科書。余光中行文精煉，梁實秋曾讚許余光中「以右手寫詩、左手寫散文」，生平獲獎無數。代表作品有《秋之頌》、《日不落家》、《藍墨水的下游》、《天狼星》、《余光中詩選》、《蓮的聯想》、《等你，在雨中》、《記憶像鐵軌一樣長》、《天國的夜市》、《逍遙遊》、《舟子的悲歌》、《白玉苦瓜》等。

1972 年作者從北半球的新幾內亞乘坐飛機飛往南半球的澳洲，途中所見景觀興起《莊子·逍遙遊》之聯想，彷若與古今文人、詩人結伴出遊並細膩對話，體現上友古人之趣。從空中俯瞰「偌大的新幾內亞，怎麼竟縮成兩隻青螺？」而「一簇黛青，嬌不盈握，虛虛幻幻浮動在水波不興一碧千哩的南溟之上。」這趟旅行 成為莊子書中「大鵬鳥」的實驗舞臺。文學沒有國度，引用詩人侯伯特的詩句以抒懷；時間與空間都是最令人驚豔的寫作題材與元素。「澳洲已自在天涯，紐西蘭，更在天涯之外之外。龐然而闊的新大陸，澳大利亞，從此地一直延伸，連連綿綿，延伸到帕斯和達爾文……」這些超越時間與空間的虛幻演出，最後帶出的是「長安、洛陽、金陵」，及無所逃於天地之間的鄉愁。

飛行袋鼠「曠達士」（Qantas）才一展翅，偌大的新幾內亞，怎麼竟縮成兩隻青螺，大的一隻，是維多利亞峰，那麼小的一隻，該就是塞克林峰了吧。都是海拔萬呎以上的高峰，此刻，在「曠達士」的翼下，卻纖小可玩，一簇黛青，嬌不盈握，虛虛幻幻浮動在水波不興一碧千哩的「南溟」之上。不是水波不興，是「曠達士」太曠達了，俯仰之間，忽已睥睨八荒，遊戲雲表，遂無視於海濤的起起伏伏了。不到一杯橙汁的工夫，新幾內亞的鬱鬱蒼蒼，倏已陸沉，我們的老地球，所有故鄉的故鄉，一切國恨家愁的所依所託，頃刻之間都已消逝。所謂地球，變成了一隻水球，好藍好美的一隻水球，在好不真實的空間好緩好慢地旋轉，晝轉成夜，春轉成秋，青青的少年轉成白頭。故國神遊，多情應笑我早生華髮。水汪汪的一隻藍眼睛，造物的水族館，下面泳多少鯊多少鯨，多少億兆的魚蝦在暖洋洋的熱帶海中悠然擺尾，多少島多少嶼在高敢的夢、史蒂文森的記憶裡午寐，鼾聲均勻。只是我的想像罷了，那澄藍的大眼睛笑得很含蓄，可是什麼秘密也沒有說。古往今來，她的眼裡該只有日起月落，星出星沒，映現一些最原始的抽象圖形。留下我，上捫無天，下臨無地，一隻「曠達士」鶴一般地騎著，虛懸在中間。頭等艙的鄰座，不是李白，不是蘇軾，是雙下巴大肚皮的西方紳士。一杯酒握著，不知該邀誰對飲。

有一種叫做雲的騙子，什麼人都騙，就是騙不了「曠達士」。「曠達士」，一飛沖天的現代鵬鳥，經緯線織成密密的網，再也網它不住。北半球飛來南半球，我騎在「曠達士」的背上，「曠達士」騎在雲的背上。飛上三萬呎的高空，雲便留在下面，製造它騙人的氣候去了。有時它層層疊起，雪峰競拔，冰崖

爭高，一望無盡的皚皚，疑是西藏高原雄踞在世界之脊。有時它皎如白蓮，幻開千朵，無風的岑寂中，「曠達士」翩翩飛翔，入蓮出蓮，像一隻戀蓮的蜻蜓。仰望白雲，是人。俯玩白雲，是仙。仙在常中觀變，在陰晴之外觀陰晴，仙是我。那怕是幻覺，那怕僅僅是幾個時辰。

「曠達士」從北半球飛來，五千哩的雲驛，只在新幾內亞的南岸息一息羽毛。摩爾斯比（Port Moresby）浸在溫暖的海水裡，剛從熱帶的夜裡醒來，機場四週的青山和遍山的叢林，曉色中，顯得生機鬱勃，綿延不盡。機場上見到好多巴布亞的土人，膚色深棕近黑，闊鼻、厚唇、凹陷的眼眶中，眸光炯炯探人，很是可畏。

從新幾內亞向南飛，下面便是美麗的珊瑚海（Coral Sea）了。太平洋水，澈澈澄澄清清，浮雲開處，一望見底，見到有名的珊瑚礁，綽號「屏藩大礁」（Great Barrier Reef），迤迤邐邐，零零落落，繫住澳洲大陸的東北海岸，好精巧的一條珊瑚帶子。珊瑚是淺紅色，珊瑚礁呢，說也奇怪，卻是青綠色。開始我簡直看不懂。雙層玻璃的機窗下，奇蹟一般浮現一塊小島，四周湖綠，托出中央的一方翠青。正覺這小島好漂亮好有意思，前面似真似幻，竟又浮來一塊，形狀不同，青綠色澤的配合則大致相同。猜疑未定，遠方海上又出現了，不是一個，而是一群，長的長，短的短，不規不則得乖乖巧巧，玲玲瓏瓏，那樣討人喜歡的圖案層出不窮，令人簡直不暇目迎目送。詩人侯伯特（George Herbert）說：

色澤鮮麗
令倉促的觀者拭目重看

驚愕間，我真的揉揉眼睛，被香港的紅塵吹翳了的眼睛，仔

細再看一遍。不是島！青綠色的圖形是平鋪在水底，不是突出在水面。啊我知道了，這就是聞名世界的所謂「屏藩大礁」了。透明的柔藍中漾現變化無窮的青綠翠礁，三種涼涼的顏色配合得那麼諧美而典雅，織成海神最豪華的地氈。數百叢的珊瑚礁，檢閱了一個多小時才看完。

如果我是人魚，一定和我的雌人魚，選這些珊瑚為家。風平浪靜的日子，和她並坐在最小的一叢礁上，用一隻大海螺吹起杜布西嫋嫋的曲子，使所有的船都迷了路。可是我不是人魚，甚至也不是飛魚，因為「曠達士」要載我去袋鼠之邦，食火雞之國，訪問七個星期，去會見澳洲的作家，畫家，學者，參觀澳洲的學府，畫廊，音樂廳，博物館。不，我是一位訪問的作家，不是人魚。正如普魯夫洛克所說，我不是猶力西士，女神和雌人魚不為我歌唱。

越過童話的珊瑚海，便是淺褐土紅相間的荒地，澳大利亞龐然的體魄在望。最後我看見一個港，港口我看見一座城，一座鐵橋黑虹一般架在港上，對海的大歌劇院蚌殼一般張著複瓣的白屋頂，像在聽珊瑚海人魚的歌吟。「曠達士」盤旋撲下，傾側中，我看見一排排整齊的紅磚屋，和碧湛湛的海水對照好鮮明。然後是玩具的車隊，在四線的高速公路上流來流去。然後機身輾轆，「曠達士」放下它蜷起的腳爪，觸地一震，雪梨到了。

但是雪梨不是我的主人，澳大利亞的外交部，在西南方二百哩外的山區等我。「曠達士」把我交給一架小飛機，半小時後，我到了澳洲的京城坎貝拉。坎貝拉是一個計劃都市，人口目前只有十四萬，但是建築物分佈得既稀且廣，發展的空間非常寬大。圓闊的草地，整潔的車道，富於線條美的白色建築，把曲折多姿迴環成趣的柏麗‧格里芬湖圍在中央。神造的全是綠色，人造的全是白色。坎貝拉是我見過的都市中，最清潔整齊的一座白城。

白色的迷宮。國會大廈，水電公司，國防大廈，聯鳴鐘樓，國立圖書館，無一不白。感覺中，坎貝拉像是用積木，不，用方糖砌成的理想之城。在我五天的居留中，街上從未見到一片垃圾。

我住在澳洲國立大學的招待所，五天的訪問，日程排得很滿。感覺中，許多手向我伸來，許多臉綻開笑容，許多名字輕叩我的耳朵，繽繽紛紛墜落如花。我接受了沈錡大使及夫人，章德惠參事，澳洲外交部，澳洲國立大學亞洲研究所，澳洲作家協會，坎貝拉高等教育學院等等的邀宴；會見了名詩人侯普（A.D. Hope）、康波（David Campbell）、道布森（Rosemary Dobson）和布禮盛頓（R.F. Brissenden）；接受了澳洲總督海斯勒克爵士（Sir Paul Hasluck）、沈錡大使、詩人侯普、詩人布禮盛頓，及柳存仁教授的贈書，也將自己的全部譯著贈送了一套給澳洲國立圖書館，由東方部主任王省吾代表接受；聆聽了坎貝拉交響樂隊；接受了《坎貝拉時報》的訪問；並且先後在澳洲國立大學的東方學會與英文系發表演說。這一切，當在較為正式的〈澳洲訪問記〉一文中，詳加分述，不想在這裡多說了。

「曠達士」猛一展翼，十小時的風雲，便將我抖落在南半球的冬季。坎貝拉的冷靜，高亢，和香港是兩個世界。和臺灣是兩個世界。坎貝拉在南半球的緯度，相當於濟南之在北半球。中國的詩人很少這麼深入「南蠻」的。「大招」的詩人早就警告過：「魂乎無南！南有炎火千里，腹蛇蜒只。山林險隘，虎豹蜿只。鰅鱅短狐，王虺騫只。魂乎無南，蜮傷躬只！」柳宗元才到柳州，已有萬死投荒之歎。韓愈到潮州，蘇軾到海南島，歌哭一番，也就北返中原去了。誰會想到，深入南荒，越過赤道的炎火千里而南，越過南回歸線更南，天氣竟會寒冷起來，赤火炎炎，會變成白雪凜凜，虎豹蜿只，會變成食火雞，袋鼠，和攀樹的醉熊？

從坎貝拉再向南行，科庫斯可大山便擎起鬢髮盡白的雪峰，矗立天際。我從北半球的盛夏火鳥一般飛來，一下子便投入了科庫斯可北麓的陰影裡。第一口氣才注入胸中，便將我滌得神清氣爽，豁然通暢。欣然，我呼出臺北的煙火，香港的紅塵。我走下寂靜寬敞的林蔭大道，白幹的猶加利樹葉落殆盡，楓樹在冷風裡搖響眩目的艷紅和鮮黃，剎那間，我有在美國街上獨行的感覺，不經意翻起大衣的領子。一隻紅冠翠羽對比明麗無倫的考克圖大鸚鵡，從樹上倏地飛下來，在人家的草地上略一遲疑，忽又翼翻七色，翩翩飛走。半下午的冬陽裡，空氣在淡淡的暖意中兀自挾帶一股醒人的陰涼之感。下午四點以後，天色很快暗了下來。太陽才一下山，落霞猶金光未定，一股凜冽的寒意早已逡巡在兩肘，伺機噬人，躲得慢些，冬夕的冰爪子就會探頭而下，伸向行人的背脊了。究竟是南緯高地的冬季，來得遲去得早的太陽，好不容易把中午烘到五十幾度，夜色一降，就落回冰風刺骨的四十度了。中國大陸上一到冬天，太陽便垂垂傾向南方的地平，所以美宅良廈，講究的是朝南。在南半球，冬日卻貼著北天冷冷寂寂無聲無嗅地旋轉，夕陽沒處，竟是西北。到坎貝拉的第一天，茫然站在澳洲國立大學校園的草地上，暮寒中，看夕陽墜向西北的亂山叢中。那方向，不正是中國的大陸，亂山外，不正是崦嵫的神話？西北望長安，可憐無數山。無數山。無數海。無數無數的島。

到了夜裡，鄉愁就更深了。坎貝拉地勢高亢，大氣清明，正好飽覽星空。吐氣成霧的寒顫中，我仰起臉來讀夜。竟然全讀不懂！不，這張臉我不認得！那些眼睛啊怎麼那樣陌生而又詭異，閃著全然不解的光芒好可怕！那些密碼，奧秘的密碼是誰在拍打？北斗呢？金牛呢？天狼呢？怎麼全躲起來了，我高貴而顯赫的朋友啊？踏的，是陌生的土地，戴的，是更陌生的天空，莫非

我誤闖到一顆新的星球上來了？

　　當然，那只是一瞬間的驚詫罷了。我一拭眼睛。南半球的夜空，怎麼看得見北斗七星呢？此刻，我站在南十字星座的下面，戴的是一頂簇新的星冕，南十字，古舟子航行在珊瑚海塔斯曼海上，無不仰天頂禮的赫赫華胄，閃閃徽章，澳大利亞人升旗，就把它升在自己的旗上。可惜沒有帶星譜來，面對這麼奧秘幽美的夜，只能讚歎讚歎扉頁。

　　我該去紐西蘭嗎？塔斯曼冰冷的海水對面，白人的世界還有一片土。澳洲已自在天涯，紐西蘭，更在天涯之外之外。龐然而闊的新大陸，澳大利亞，從此地一直延伸，連連綿綿，延伸到帕斯和達爾文，南岸，封著塔斯曼的冰海。北岸，浸在暖腳的南太平洋裡。澳洲人自己訴苦，說，無論去甚麼國家都太遠太遠，往往，向北方飛，騎「曠達士」的風雲飛馳了四個小時，還沒有跨出澳洲的大門。

　　美國也是這樣。一飛入寒冷乾爽的氣候，就有一種重踐北美大陸的幻覺。記憶，重重疊疊的複瓣花朵，在寒顫的星空下反而一瓣瓣綻開了，展開了每次初抵美國的記憶，楓葉和橡葉，混合著街上淡淡汽油的那種嗅覺，那麼強烈，幾乎忘了童年，十幾歲的孩子，自己也曾經擁有一片大陸，和直徑千哩的大陸性冬季，只是那時，祖國覆蓋我像一條舊棉被，四萬萬人擠在一張大床上，一點也沒有冷的感覺。現在，站在南十字架下，背負著茫茫的海和天，企鵝為近，銅駝為遠，那樣立著，引頸企望著企望著長安，洛陽，金陵，將自己也立成一頭企鵝。只是別的企鵝都不怕冷，不像這一頭啊這麼怕冷。

　　怕冷。怕冷。旭日怎麼還不升起？霜的牙齒已經在咬我的耳朵。怕冷。三次去美國，晝夜倒輪。南來澳洲，寒暑互易。同樣用一枚老太陽，怎麼有人要打傘，有人整天用來烘手都烘不暖？

而用十字星來烘腳，是一夜也烘不成夢的啊。

　　　　　　　　　　——一九七二年七月十四日於雪梨

　　　　　　——選自《聽聽那冷雨》，臺北：九歌，2008 年

・問題與討論

1.從天空看地球，絕對是難忘的經驗。你曾經有類似的經驗嗎？

2.余光中先生是當代文學巨擘，請與同學分享余光中新詩與散文創作的技巧及風格。

3.關於澳州與新幾內亞，你知道些什麼？請拿出地圖、蒐尋資料，來一次地圖上的旅行計劃吧！

・延伸閱讀

1.傅孟麗，傳記《茱萸的孩子：余光中傳》。

2.余光中，散文集《逍遙遊》。

3.余光中，散文集《聽聽那冷雨》。

4.網路資源：「右手寫詩・左手寫散文——文學大師余光中特展」，archives.lib.ntnu.edu.tw/exhibitions/YuKwangchung/chronology.jsp

　　　　　　　　　　　　　　　（李幸長　編撰）

流浪的藝術

舒國治

●作者題解

舒國治（1952-　），祖籍浙江奉化，著名作家、美食家。畢業於世界新聞專科學校（今世新大學）電影製作科。曾經從事電影工作，在《月光少年》、《牯嶺街殺人事件》、《最好的時光》等電影中擔任過角色。之後投入寫作領域，作品以散文、遊記、短篇小說為主。曾獲得旅行文學獎首獎。被稱作臺灣小吃教主。作品有《讀金庸偶得》、《臺灣重遊》、《理想的下午：關於旅行也關於晃蕩》、《流浪集：也及走路、喝茶與睡覺》、《門外漢的京都》、《臺北小吃札記》、《水城臺北》、《臺灣小吃行腳》、《宜蘭一瞥》、《臺北游藝》等。

舒國治作品以散文、遊記、短篇小說為主。使用的筆名有：舍或之、步于塵、屠松郊、裘敬野、祝融之筏，近年來以書寫旅行與臺灣各地小吃、美食為主，是最著名的小吃教主。〈流浪的藝術〉選自舒國治《流浪集：也及走路、喝茶與睡覺》，為舒國治散文名篇，書寫風格灑脫、酣暢，呈現一種在生活角落實踐的哲學式優雅浪遊與趣味。作者控制文字的功力高強，加之不受雅俗成規限制；善用多變的語法、生動的描述、有趣的小知識、隨手拈來的小故事也反應出作者慧黠、勇於在平凡無奇中創造驚喜的性格。寫作只是「時代俯仰下的心念呈現」。而「關於生活，我們經歷太多，記得太少；我們浪費太多，珍藏太少。而理想的生活該是什麼模樣？」為尋找這個理想生活的模樣，舒國治的視野從旅行、飲食、建築、人物、書評，到少時回憶、世道觀察、打拳養生等等人生點滴，細觀真實生活中的諸般實務藝術，試圖去發現屬於生活的理想模樣，而且不假外求。

純粹的流浪。即使有能花的錢，也不花。

享受走路，一天走十哩路，不論是森林中的小徑或是紐約摩天樓環繞下的商業大道。不讓自己輕易就走累；這指的是：姿勢端直，輕步鬆肩，一邊看令人激動的景，卻一邊呼吸平勻，不讓自己高興得加倍使身體累乏。並且，正確的走姿，腳不會沒事起泡。

要能簡約自己每一樣行動。不多吃，有的甚至只吃水果及乾糧。吃飯，往往是走路生活中的一個大休息。其餘的小休息，或者是站在街角不動，三、五分鐘；或者是坐在地上。能適應這種方式的走路，那麼紮實的旅行或流浪，才得真的實現。會走路的旅行者，不輕易流汗（"Never let them see you sweat!"），不常吵著要喝水，即使常坐地上、台階、板凳，褲子也不髒。常能在較累時、較需要一個大的 break 時，剛好也正是他該吃飯的時候。

走路，是所有旅行形式中最本質的一項。沙漠駝隊，也必須不時下得坐騎，牽著而行。你即使開車，一進入一個小鎮，在主街及旁街上稍繞了三、四條後，你仍要把車停好，下車來走。以步行的韻律來觀看市景。若只走二十分鐘，而又想把這小鎮的鎮中心弄清楚，你至少要能走橫的直的加起來約十條街，也就是說，每條街只有二分鐘讓你瀏覽。

走路。走一陣，停下來，站定不動，抬頭看。再退後幾步，再抬頭；這時或許看得較清楚些。有時你必須走近幾步，踏上某個高台，墊起腳，瞇起眼，如此才瞧個清楚。有時必須蹲下來，用手將某片樹葉移近來看。有時甚至必須伏倒，使你能取到你要的攝影畫面。

流浪要用盡你能用盡的所有姿勢。

走路的停止，是為站立。什麼也不做，只是站著。往往最驚異獨絕、最壯闊奔騰、最幽清無倫的景況，教人只是兀立以對。這種站立是立於天地之間。

太多人終其一世不曾有此立於天地間之感受，其實何曾難了？侷促市塵多致蒙蔽而已。惟在旅途迢遙、筋骨勞頓、萬念俱簡之後於空曠荒遼中恰能得之。

我人今日甚少兀兀的站立街頭、站立路邊、站立城市中任何一地，乃我們深受人群車陣之慣性籠罩、密不透風，致不敢孤身一人如此若無其事的站立。噫，連簡簡單單的一件站立，也竟做不到矣！此何世也，人不能站。

人能在外站得住，較之居廣廈、臥高、坐正位、行大道豈不更飄灑快活？

古人謂貧而樂，固好；一簞食一瓢飲，固好；然放下這些修身念頭，到外頭走走，到外頭站站，或許于平日心念太多之人，更好。

走路，是人在宇宙最不受任何情境韁鎖、最得自求多福、最是踽踽尊貴的表現情狀。因能走，你就是天王老子。古時行者訪道；我人能走路流浪，亦不遠矣。

有了流浪心念，那麼對於這世界，不多取也不多予。清風明月，時在襟懷，常得遭逢，不必一次全收也。自己睡的空間，只像自己身體一般大，因此睡覺時的翻身，也漸練成幅度有限，最後根本沒有所謂的翻身了。

他的財產，例如他的行李，只縈成緊緊小小的一捆；雖然他不時更換乾淨衣襪，但所有的變化，所有的魔術，只在那小小一捆裡。

最好沒有行李。若有，也不貴重。乘火車一站一站的遊，見

這一站景色頗好，說下就下，完全不受行李沉重所拖累。

見這一站景色好得驚世駭俗，好到教你張口咋舌，車停時，自然而然走下車來，步上月臺，如著魔般，而身後火車緩緩移動離站竟也渾然不覺。幾分鐘後恍然想起行李還在座位架上。卻又何失也。乃行李至此直是身外物、而眼前佳景又太緊要也。

於是，路上絕不添買東西。甚至相機、底片皆不帶。

行李，往往是浪遊不能酣暢的最致命原因。譬似遊伴常是長程及長時間旅行的最大敵人。

乃你會心繫於他。豈不聞「關心則亂」？

他也仍能讀書。事實上旅行中讀完四、五本厚書的，大有人在。但高明的浪遊者，絕不沉迷於讀書。絕不因為在長途單調的火車上，在舒適的旅館床舖上，於是大肆讀書。他只「投一瞥」，對報紙、對電視、對大部頭的書籍、對字典，甚至對景物，更甚至對這個時代。總之，我們可以假設他有他自己的主體，例如他的「不斷移動」是其主體，任何事能助於此主體的，他做；而任何事不能太和主體相干的，便不沉淪從事。例如花太長時間停在一個城市或花太多時間寫 post card 或筆記，皆是不合的。

這種流浪，顯然，是冷的藝術。是感情之收斂，是遠離人間煙火，是不求助於親戚、朋友，不求情於其他路人。是寂寞二字不放在心上，文化溫馨不看在眼裡。在這層上，我知道，我還練不出來。

對「累」的正確觀念。不該有文明後常住都市房子裡的那種覺得凡不在室內冷氣、柔軟沙發、熱水洗浴等狀態便即是累之陳腐念頭。

要令自己不懂什麼是累。要像小孩一樣從沒想過累、只在委實累到垮了便倒頭睡去的那種自然之身體及心理反應。

常常念及累之人，旅途其實只是另一形式給他離開都市去另找一個埋怨的機會。他還是待在家好。

即使在自家都市，常常在你面前嘆累的人，遠之宜也。

要平常心的對待身體各部位。譬似屁股，哪兒都能安置；沙發可以，岩石上也可以，石階、樹根、草坡、公園鐵凳皆可以。

要在需要的時機（如累了時）去放下屁股，而不是在好的材質或乾淨的地區去放。當然更不是為找取舒服雅緻的可坐處去迢迢奔赴旅行點。

浪遊，常使人話說得少。乃全在異地。甚而是空曠地、荒涼地。

離開家門不正是為了這個？

寂寞，何其奢侈之字。即使在荒遼中，也常極珍貴。

吃飯，最有機會傷壞旅行的灑脫韻律。例如花許多時間的吃，費很多周折去尋吃，吃到一頓令人生氣的飯（侍者的嘴臉、昂貴又難吃的飯）……等等。要令充饑一事不致干擾於你，方是坦蕩旅途。坊間有所謂的「美食之旅」；美食，也算旅嗎？吃飯，原是好事；只不應在寬遠行程中求之。美食與旅行，兩者惟能選一。

當你什麼工作皆不想做，或人生每一樁事皆有極大的不情願，在這時刻，你毋寧去流浪。去千山萬水的熬時度日，耗空你的身心，粗礪你的知覺，直到你能自發的甘願的回抵原先的枯燥崗位做你身前之事。

即使你不出門流浪，在此種不情願下，勢必亦在不同工作中流浪。

人一生中難道不需要離開自己日夕相處的家園、城市、親友或國家而到遙遠的異國一段歲月嗎？人總會待在一個地方待得幾乎受不了吧。

與自己熟悉的人相處過久，或許也是一種不道德吧。

太多的人用太多的時光去賺取他原以為很需要卻其實用不太到的錢，以致他連流浪都覺得是奢侈的事了。

他們的確年輕時曾發過宏願，說出像「我再拼上三五年，有些事業基礎了，說什麼也要把自己丟到荒野中，無所事事個半年一年，好好的流浪一番」這樣的話；然十年二十年、三十年五十年轉眼過去，他們哪兒也沒去。

有時他們自己回身計算一下，原可能派用在流浪上的光陰，固然是省下來了，卻也未必替自己多做了什麼豐功偉業。唉，何惜也如此算計。正是：

未能一日寡過
恨不十年流浪

老實說，流浪亦不如何。不流浪亦很好。但看自己有無這個念頭罷了。會動這念頭，照說還是有些機緣的。

以我觀之，流浪最大的好處是，丟開那些他平日認為最重要的東西。好比說，他的賺錢能耐，他的社會佔有度，他的侃侃而談（或訓話習慣），他的聰慧、迷人、或顧盼自雄，還有，他的自卑感。

最不願意流浪的人，或許是最不願意放掉東西的人。

這就像你約有些朋友，而他永遠不會出來，相當可能他是那種他自己的事是世間最重要事之人。

便有恁多勢利市儈，益教人更想長留浪途不返市井也。

和尚自詡得道度人，在電視上侃侃而談，聽者與講者俱夢想安坐家中參詳幾句經文、思辨些許道理，便啥事可解，噫，何不到外間漫遊，不急於歸家，一日兩日，十日半月，半年一年，往

往人生原本以為不解之難題，更易輕鬆綢懈，於焉解開。

須知得道高僧亦不時尋覓三兩座安靜寺廟來移換棲身。何也？方丈一室，不宜久居；住持一職，不宜久擁；脫身也，趨幽也，甚至，避禍也。

拓荒者及探險家對於荒疏的興趣，甚至對於空無的強切需求，使得他們能在極地、海上、冰原、沙漠、叢林一待就待上數月數年，並且自他們的描述與日記所證，每日的生活完全不涉繁華之事或豐盛食衣。

這顯然是另一種文明。或者說，古文明。亦即如獅豹馬象般的動物文明，或是樹草土石的恆寂洪荒文明。

拓荒者、探險家歷經了千山萬海即使抵達了綠洲或是泊靠港埠，竟是為了添採補給，而不是駐足享樂、買宅居停，自此過日子。他們繼續往前尋找新的空荒。

也可能他們身上有一種病，至少有一種癮，這種病癮逼使他們不能停在城鎮；好似城鎮的穩定生態令他們的血液運行遲緩，令他們口臭便秘，令他們常感毫無來由的疲倦；然他們一到了沙漠，一到了冰原，他的皮膚馬上有了敏銳的舒泰反應，他的眼睛溼潤，鼻腔極其通暢；再多的汗水及再寒冽的冰風只會令他精神抖擻。這種似同受苦受難而後適應而後嗜習的心身提振，致使他後日再也不能，不願生活在人煙暄騰的城市。

然他們在荒涼境地究竟追求什麼？不知道。有可能是某種無邊無際的大無聊，譬如說，完全的沒有言語；或黑夜降臨後之完全無光；或某種宇宙全然歇止似的靜謐，靜到你在沙漠中可清晰聽見風吹細砂時兩粒微如屑土的砂子相擊之清響。

探險式的旅行家，未必是找尋「樂土」或「香格里拉」；然「樂土」之念仍然是探尋過程中頗令他們期盼者。只是樂土居定下來後，稍經歲月，最終總會變成非樂土，此為天地間無可奈何

之事。

多年前在美國，聽朋友說起一則公路上的軼事：某甲開車馳行於荒涼公路，遠遠見一人在路邊伸拇指欲搭便車，駛近，看清楚是一青年，面無表情，似乎不存希望。某甲開得頗快，一閃即過。過了幾分鐘，心中不忍，有點想掉頭回去將那青年載上。然而沒很快決定，又這麼往前開了頗一段。這件事縈在心頭又是一陣，後來實在忍不住，決定掉頭開去找他。這已是二三十哩路外了，他開著開著，回到了原先青年站立的地點，竟然人走了。這一下某甲倒慌了，在附近前後又開著找了一下，再回到青年原先所站立之地，在路邊的沙土上，看見有字，是用樹枝刻畫的，道：

Seashore washed by suds and foam,（海水洗岸浪飛花，）
Been here so long got to calling it home.（野荒佇久亦是家。）

Billy（比利）

這一段文字，嗟乎，蒼涼極矣，我至今猶記得。這個 Billy，雖年輕，卻自文字中見出他多好的人生歷練，遭遇到多好的歲月，荒野中枯等。Been here solong got to calling it home. 即使沒坐上便車，亦已所獲豐盈，他擁有一段最枯寂卻又是最富感覺、最天地自在的極佳光景。

再好的地方，你仍須離開，其方法，只是走。然只要繼續走，隨時隨處總會有更好更好的地方。

待得住。只覺當下最是泰然適宜，只知此刻便是天涯海角的終點。既不懷戀前村，亦不憂慮後店，說什麼也要在此賴上一陣子。站著坐著，靠在樹下癱軟著，發呆或做夢，都好。

這種地方，亦未必是天堂城市，未必是桃源美村，常只是宏敞平靜的任何境域；只因你遊得遠遊得久了，看得透看得淡了，它乍然受你降臨，竟顯得極是相得，正是無量福緣。

地點。多半人看不上眼的、引為苦荒的地方，最是佳境。城市樓宇、暖氣毛裘眷顧於眾他；則朗朗乾坤眷顧於獨你。

你甚至太涕零受寵於此天涼地荒，不忍獨樂，幾欲招引他們也來同享。

然而「相逢盡道休官去，林下何曾見一人」？

旁觀之樂，抑是委身之樂？全身相委，豈非將他鄉活作己鄉？純作壁上觀，不免河漢輕淺。

流浪，本是堅壁清野；是以變動的空間換取眼界的開闊震盪，以長久的時間換取終至平靜空澹的心境。故流浪久了、遠了，高山大河過了仍是平略的小鎮或山村，眼睛漸如垂簾，看壯麗與看淺平，皆是一樣。這時的旅行，只是移動而已。至此境地，哪裡皆是好的，哪裡都能待得，也哪裡都可隨時離開，無所謂必須留戀之鄉矣。

通常長一點的時間（如三個月或半年）或遠一點的途程（如幾千里），比較能達臻此種狀態；而儘可能往荒蕪空漠之地而行或儘量吃住簡單甚至困厄，也能在短時間及小行程中獲得此種效果。這也是何以要少花錢、少吃佳餚館子、少住舒服旅店的真義所在。

前說的「即使有能花的錢也不花」，便是勸人拋開錢之好處、方便處；惟有專注當下的荒涼境、逆境，人不久獲取之豐厚美感才得成形。倘若一看不妙，便當下想起使動金錢之力量，便太多事看似迎刃而解，卻人生尚有何意思？

事實上，一早便擁有太多錢的小孩或家庭，原本過的常是最不堪的概念生活。而他猶暗地裏沾沾自喜，謂「我能如何如何」，實則錢能帶給他的，較之剝奪掉的，少了不知千千萬萬倍。

然則又有幾個有錢人會如此想？我若有錢，或許便沒能力如

此想矣。故我真慶幸尚可不必受錢之莫名自天降落而造成對我之擺布。

有一種地方，現在看不到了，然它的光影，它的氣味，它的朦朧模樣，不時閃晃在你的憶海裡，片片段段，每一片每一段往往相距極遠，竟又全是你人生的寶藏，令你每一次飄落居停，皆感滿盈愉悅，但又微微的悵惘。

以是人要再踏上路途，去淋沐新的情景，也去勾撞原遇的遠鄉。

——選自《流浪集：也及走路、喝茶與睡覺》，臺北：大塊文化，2006 年

·問題與討論

1. 去旅行，似乎存在許多困難，所以必須有完整的旅行計劃之後，才能實現，你的想法呢？
2. 愛上走路，在平時生活的社區，去觀察、去發現一些以前不曾留意的人事物。體會「生活並不缺少美好，只是缺少去發現」，並留下紀錄。
3. 請寫一篇你最喜歡的美食散文，包括地點、材料、滋味、推薦理由，完成後和身邊的親友、同學分享。

·延伸閱讀

1. 舒國治，散文集《水城臺北》。
2. 三毛，散文集《撒哈拉的歲月》。
3. 電影，「看見臺灣」（齊柏林）。

（李幸長　編撰）

大唐西域記序

玄奘

•作者題解

　　玄奘（602－664），名陳禕，洛州緱氏（今河南偃師滑國故城）人。少時因家境困難，跟長捷法師住淨土寺，學習佛經五年。十三歲時，大理卿鄭善果奉旨在洛陽度僧，玄奘以出家的意願是「意欲遠紹如來，近光遺法」，因而被鄭善果破格入選出家。唐高祖武德五年（622年），玄奘在成都（據傳在成都大慈寺）受具足戒。武德七年（624年）玄奘私下與商人結伴離開成都，沿江東下參學。二十八歲時已在國內遍訪名師，廣泛學習了佛教各派學說，但同時疑問也越來越多，無法消除。玄奘認為，信奉不同經典的宗派說法各異，就是宗奉同一經典的佛學大家也各有所見。尤其是當時執佛學牛耳的《攝大乘論》、《瑜伽師地論》兩家有關法相之說也有所牴觸。這些疑問不能通過鑽研現有經論得到解決，因為經論是譯本而非原本，由於翻譯的差異，本身就存在若干失誤；要解決疑問，只有前往印度學習原典以釋疑，於是他決心西行求法。

　　《大唐西域記》作者玄奘以生花妙筆，交織歷史與現實、穿插神話與傳說、結合故事敘述與人物刻劃，以高妙的藝術形式將佛教精微深意生動地傳達給讀者，內容廣博又興味盎然，開啓吾人之見聞視野與人生境界。明代吳承恩創作有名的長篇小說《西遊記》，內容描寫的就是「唐僧西天取經」的故事，其中「唐僧」，即以玄奘為人物創發之原型，「西天取經」，以玄奘前往西天印度求取真經原典的事跡為故事原型。「三藏取經」和「西遊記人物」唐三藏、孫悟空、豬悟能、沙悟淨師徒歷經九九八十一難等事跡，早已是家喻戶曉、婦孺皆知之鄉野傳奇，更成為民間文學、民俗文化重要的文創資產。

·課 文

　　竊以穹儀方載之廣，蘊識懷靈之異，《談天》[1]無以究其極，《括地》[2]詎足辯其原？是知方志所未傳，聲教所不曁者，豈可勝道哉！

　　詳夫天竺之為國也，其來尚矣。聖賢以之疊軫，仁義於焉成俗。然事絕於曩代，壤隔於中土，《山經》[3]莫之紀，《王會》[4]所不書。博望鑿空，徒實懷於印竹；昆明道閉，謬肆力於神池。遂使瑞表恒星，爵玄妙於千載；夢彰佩日，祕神光於萬里。曁於蔡愔訪道[5]、摩騰入洛，經藏石室，未盡龍宮之奧，像畫涼臺，寧極鷲峰之美。自茲厥後，時政多虞。閹豎乘權，潰東京而鼎峙；母后成釁，剪中朝而幅裂。憲章泯於函、雒，烽燧警於關塞，四郊因而多壘，況茲邦之絕遠哉！然而釣奇之客，希世間至。頗存記注，寧盡物土之宜；徒採《神經》，未極真如之旨。有隋一統，寔務恢疆，尚且瞻西海而咨嗟，望東雒而杼軸。揚旌玉門之表，信亦多人；利涉蔥嶺之源，蓋無足紀。曷能指雪山而長騖，望龍池而一息者哉！良由德不被物，威不及遠。我大唐之有天下也，

1　談天：東漢王充著《論衡》八十五篇，其中有〈談天篇〉。
2　括地：唐初魏王李泰主編成《括地志》一書，全書正文五百五十卷、序略五卷。《括地志》吸收了《漢書·地理志》和顧野王《輿地志》兩書編纂上的特點，創立了一種新的地理書體裁，
3　山經：先秦古籍《山海經》，現行本《山海經》共有18篇，三萬餘字，包括〈山經〉5篇、〈海外經〉4篇、〈海內經〉4篇、〈大荒經〉4篇、〈海內經〉1篇。
4　王會：先秦古籍《逸周書》70篇，有〈王會解篇〉記「成周之會」盛典及諸侯來獻之物。
5　蔡愔訪道：漢明帝派遣中郎將蔡愔、博士弟子秦景等出使天竺求佛取經。途中遇見印度高僧竺法蘭與迦葉摩騰，在蔡愔的力邀下，竺法蘭與迦葉摩騰便與蔡愔同行，用白馬駝著佛經四十二章和釋迦牟尼的佛像，於永平十年（67年）回到了洛陽，為此建了一座白馬寺，以紀念佛教傳入中國。

闢寰宇而創帝圖，掃攙搶而清天步。功侔造化，明等照臨。人荷再生，肉骨豺狼之吻；家蒙錫壽，還魂鬼蜮之墟。總異類於稿街，掩逖荒於輿地。苑十洲而池環海，小五帝而鄙上皇。

法師幼漸法門，慨祇園[6]之莫履；長懷眞迹，仰鹿野而翹心。襄裳淨境，實惟素蓄。會淳風之西偃，屬候律之東歸，以貞觀三年，杖錫遵路。資皇靈而抵殊俗，冒重險其若夷；假冥助而踐畏塗，幾必危而已濟。暄寒驟徙，展轉方達。言尋眞相，見不見於空有之間；博考精微，聞不聞於生滅之際。廓群疑於性海，啓妙覺於迷津。於是隱括眾經，無片言而不盡；傍稽聖迹，無一物而不窺。周流多載，方始旋返。十九年正月，屆于長安。所獲經論六百五十七部，有詔譯焉。

親踐者一百一十國，傳聞者二十八國。或事見於前典，或名始於今代。莫不餐和飲澤，頓顙而知歸；請吏革音，梯山而奉贐。歡闕庭而相抃，襲冠帶而成群。爾其物產風土之差，習俗山川之異。遠則稽之於國典，近則詳之於故老，邈矣殊方，依然在目。無勞握槧，已詳油素。名為「大唐西域記」，一帙，十二卷。竊惟書事記言，固已緝於微婉；瑣詞小道，冀有補於遺闕。祕書著作佐郎敬播序之云爾。

---

6 祇園：祇園精舍由拘薩羅國富商給孤獨長者發願建造。給孤獨原名須達多，家財巨富，常周濟貧困，尤其對孤獨老人，因此人稱給孤獨，義爲「給予孤獨老者」。其看到城南郊二公里處的一處園林，景色宜人，清雅幽靜，正是設立精舍的理想地點。於是和園林擁有者祇陀（Jeta）商議。祇陀乃波斯匿王之太子，富有無比，根本看不上須達多手上的銀錢，於是戲言「汝將黃金鋪滿園地，我方肯賣」。須達多歡欣鼓舞，耗盡家資，終於達到要求，將金箔鋪滿了園地，祇陀太子感動而言：「園中土地，盡滿金箔，已爲公得。惟我園中木未貼金箔，仍爲我有。吾亦欲以獻佛也。」故祇園精舍全稱「祇樹給孤獨園」。

‧問題與討論

1.想想玄奘為什麼願意西行取經，往返十七年，旅行五萬里？

2.從國際觀視野看玄奘西行取經壯遊天地之心，是否對你有所啟發？

3.從文創觀點分組討論玄奘取經與《西遊記》內容之趣味。

‧延伸閱讀

1.吳承恩，古典小說《西遊記》。

2.電影，「情顛大聖」。

3.電影，「女兒國」。

4.黃俊雄布袋戲，「美猴王」。

（李幸長　編撰）

秋之旅

金耀基

•作者題解

　　金耀基（1935－　），中國大陸出生，浙江人，在臺灣成長與接受敎育。國立臺灣大學法學士，國立政治大學政治研究所碩士，美國匹茲堡大學哲學博士。曾任新亞書院院長、香港中文大學校長（1970 年受聘於新亞社會學敎授，2004 年由中大校長一職退休，爲社會學榮休講座敎授），也曾於英國劍橋大學、美國麻省理工學院、德國海德堡大學等校訪問研究。研究興趣主要爲中國現代化及傳統在社會、文化轉變中的角色。自 2004 年從中大退休後，多以寫作及整理著作爲主，他認爲在二十一世紀，全球現代化的腳步不會停止，最終也不會出現西方現代性的普遍化，而會形成一個全球本位的多元的現代性。對於今後建立世界新秩序來說，他認爲文化間的眞正對話並非是必須的。對於大學敎育，金耀基認爲古代大學之道與現今的大學之道須兼重並舉，對眞、善之追求不可偏重，宜同爲終極目標，以建構現代文明。在其《大學之理念》一書中認爲的「知識人」應該知道自然世界與人文世界的關係，並通過科學與技術建立並豐富以人爲主體爲本位的人文世界。這些理念也貫穿在他的行旅作品中。

　　此文乃作者趁著金風送爽的季節尾巴，穿梭在傳統與現代交錯的德國、巴黎及日內瓦等地，飽食了一次融古爍今的文化饗宴。

·課文

　　四季中，我最愛秋。九月廿五日來海德堡，適逢這山水之城的秋，秋山秋樹秋水的海城，縱使已走遍了大街小巷，還是捨不得離開她的嫵媚。好幾個週末，到方圓百里內的小城，亦是晨去晚歸。十一月初，培哥來書，提醒我如要去歐洲別處看看的話，冬雪冰寒的日子就不宜於旅行了。真的，秋光已老，再不動身，秋就要枯謝了。

　　十一月上旬，在海大社會學研究所作了學術報告後的一個星期天，收拾簡單的行裝，我搭上去德法交界的史屈斯堡的火車。我不像劍橋「堂」（don）的李約瑟老夫子那樣迷火車，在新亞講學時，一聽到山腳馳過火車聲，他老人家就打開窗子望著吐露港，悠然神往好一陣子。不過，倒像俾斯麥，我也喜歡乘火車旅行，只是他跟邱吉爾一樣，大雪茄一直不離嘴，只想政治，無暇看山看水了。乘火車，不但可以舒舒服服地欣賞窗外兩邊的風光，而且有「起」有「止」的感覺，從一站到另一站，精神容易調整，景物的變化不會來不及消化。只是德人愛開快車，搭火車的人愈來愈少了。政府每年得補貼大把的錢，才能使火車繼續在原野、森林和城市之間日夜奔馳。

　　在寬敞的車廂裡，兩面是一窗一窗的秋景，有的濃郁，有的清淡，像是穿過秋畫展覽的長廊。好多年沒有賞秋了，儘管已看盡了海城的秋，對秋還是貪婪。

　　史屈斯堡，在歷史上是德法爭戰不休的地方，現屬法國，但德國友人推介我去史屈斯堡時，就好像推介我去另一個德國城市一樣。歐洲經濟共同市場雖然不曾、最後也不一定會帶來歐洲政治上的統一，但人們心中的政治圖像是跟戰前有些不同了。

　　的確，這個法國東北界線上的小城，除了法蘭西文化情調

外，還有日耳曼的文化徵象。毫無疑問，最有法國趣味的應是滿布半石半木之古屋群的那個稱為「小法國」的地方了。這一幢幢影映在小水道裡的古屋，襯上淡黃深黃的秋樹，就像是一幅上了年紀的名畫，不由不仰立凝視，顧不得秋寒的料峭了。誠然，史屈斯堡最要看、也不可能看不到的就是法王路易十四崇仰上帝的那座教堂了。來歐後所見美的、大的教堂多矣，但這座建於一四三九年的教堂卻是基督教世界中最高的建築。不，我得小心點，一位來自德國烏凌姆（Ulm）的德人告訴我，烏凌姆的五二八尺高的哥德式教堂尖塔才是最高的，他說話時一點也不帶民族情緒。很不含糊的，像他說烏凌姆是二十世紀最偉大科學家愛因斯坦的出生地一樣。看來，我得信他，我的一點知識是來自書本的，古人不是說，盡信書，不如無書嗎？無論如何，史屈斯堡教堂的尖塔直指紗紗的蒼穹，天國與人間似乎就在塔尖上凝接一起了。其實，說高還不及香港新落成的「交易廣場」，但後者，像一切現代化的高建築，只覺是機械力的膨脹，儘管升得高，總與無隔絕了。

原不打算去巴黎的。當然不是不喜歡巴黎，誰又會不喜歡呢？只是巴黎太大，太短的逗留，又怎能看夠她的千嬌百媚？這次我只想去小城探秋，在小城才能捕捉秋之全貌。終久我還是去了這個最歐洲的歐洲之城。實在是這個藝術之都的氣氛太吸引人了。從史屈斯堡到日內瓦，我又怎能不在雨果所稱：「羅馬的承繼者，背鄉離井的世俗朝聖者之家」的巴黎停留？不錯，如果說羅馬是西方的精神之鄉，那麼，花都無疑是屬於這個世界的。巴黎的特殊就在於她具有絕對的國際性格，卻又是絕對的法蘭西。也許因為我是中國人，遇到的法人中倒也不在乎用最有音樂性的中、法語言之外的英語來溝通了。

九年前曾從劍橋到巴黎一遊。允達、曼施伉儷駕車陪我全家

在冰天雪地中東奔西走。他們都說流利的法語，又是巴黎通，有他們作嚮導，七日之遊把巴黎最該欣賞的都蜻蜓點水般點到了。凱旋門前香舍麗榭大道的萬種風情，巴黎聖母院的詩音和燭光。艾菲爾塔的剛健中的婀娜，無一景不令人神奪情往，而羅丹的巴爾札克雕像，達文西的蒙娜麗莎微笑，真叫人驚歎巨匠之天地靈氣。

這次臨時決定到巴黎一轉，允達遠在臺北，曼施的電話又未帶身邊，而羅浮剛巧這天關了門，羅丹的博物館又秋深不知處。我就漫無目的地散步在塞納河畔了。如果說，尼加河是德意志的精神源泉，那麼塞納河應是法蘭西的精華所在了。尼加河鑿山而過，為陽剛趣重的海德堡山城增添了幾許水的靈韻；而巴黎綿延不絕的雄偉建築，落在塞納河的兩岸就顯得風姿綽約、柔情脈脈了。在一座座橫跨塞納河的橋頭，看二岸一排排黃得熟透了的秋樹，這個藝都就像一位四十許的貴婦以最華美的秋裝展示了她萬千的風情。遊巴黎，不在塞納河畔走上三斗煙以上的時間，就無法領略最巴黎的巴黎了。假如一生只去一次巴黎，我會選秋的巴黎。

巴黎的秋美，凡爾賽的秋更金碧輝煌。

巴黎近郊的凡爾賽宮有二百五十畝方圓，宮宇格局之宏偉當然非北京故宮之比，但六百個噴泉的庭園的確氣派不凡，「鏡廳」是十足的豪華，十足的金碧輝煌。路易十四這個「太陽王」，樣子與打扮都有些脂粉俗氣，竟然能請人設計這樣的宮園，就不能不說他無藝術品鑒力了。此次，我特意慢慢走去大、小 Trianon，尤其是皇后的茅舍。都是樹，都是秋樹，一園都是徹上徹下菊黃色的秋樹，據說是路易十六特別叫人移植的。璀璨耀眼，目為之眩，好個金碧輝煌的秋！原來秋可以這樣金碧輝煌的。在金碧輝煌的秋色裡，那座小小白色的「愛神廟」就顯得愈

是清冷出塵了！

　　我忍不住又想起故宮，想起景山，更想起北大附近的西山。西山的晚春是很美的；西山的秋應是特別輕靈的。聽人說，西山的楓葉像西天的一片彩霞?!

　　從巴黎到日內瓦，三個多鐘頭就到了。乘的是深橘黃色、像一條飛龍的 TGV（意指非常高速之火車），時速一百七十里，幾里方圓的秋景都濃縮在一框框的窗裡。歐洲有了 TGV，感覺上更小了，那麼多國家，加起來還不及中國大。一七八九年以來，這塊土地上合縱連橫，風雲詭橘，變化也真不小。陪著我旅行的是戈樂・曼（Golo Mann）的《一七八九年後的日耳曼史》。他說：一七八九法國大革命那一年，日耳曼帝國就擁有一千七百八十九個政治領土，有的是獨立國，有的是歐洲強權，大都則是幾個堡壘和村莊的結合。這部書學院派的史學教授不會太喜歡，但寫得淋漓揮灑，筆墨縱橫，無愧是文豪湯瑪斯・曼的後人。

　　飛逝的秋，到日內瓦時已淹沒在夜色中了。

　　日內瓦是我久欲一訪的地方。它是世界名都中的小城，小城中的名都。居民不過十七萬，但卻極有國際性，當年國聯就設在這裡，紅十字會也發源於此，世界的政治領袖都願意到這個湖光山色的日內瓦來談判。品質高貴或浪漫的政治家到這裡做和平之夢，政客之流便利用這個世界的戲壇做做「秀」。雷根與戈巴契夫的高峰會議，無疑是「超級大秀」，會未開鑼，「秀」卻已做足了。不知兩人是否也有做和平之夢的真誠？說實話，也不是天縱神授，只是風雲際會，二人掌握了影響世界命運的權位。為人類、為自己之身後名，為什麼不真正為和平想想？美蘇高峰會議距我到日內瓦時還有一星期，但日內瓦的政治氣候已濃了。

　　日內瓦是基督教新教中加爾文教的大本營，故它有「新教的羅馬」之稱。社會學家韋伯所講的基督教倫理主要就指加爾文教

義。加爾文教義統治日內瓦的清規冷律，嚴峻得森冷。寫《社約論》的盧梭生於斯，他就吃不消宗教的氣味，一去不歸。不過，今日日內瓦的宗教世界膡下的恐只是一道紀念牆和一座教堂了。盧梭如健在的話，我想他至少會回來渡渡假的。我對加爾文這位教主沒有什麼好感，他燒死異己的那份真理就在身上的態度，怎像是天堂的使者？不過，日內瓦大學倒是他創建的，當然，今日這間大學也不再是宗教的婢女了。

就是因高峰會議，旅館都給寫「秀」、播「秀」的三千個記者捷足先登了。好不容易在冷雨濛濛中找到一家小旅店，已是近十點了。所幸，隔鄰就有一間頗有品味的意大利餐館，居然還吃到了日內瓦湖的鮮魚。也許是那小瓶瑞士產的葡萄酒吧，躺在床上已微醺欲醉了，也不知何時入了睡鄉。

翌晨醒來，打開七樓的窗簾。哦！真是一個出乎意料的驚奇！一片白色，眼下所見的屋頂盡鋪著閃閃發光的白雪，一輪旭日從中國的方向升起！真想不到，我是來探秋的，卻遇到了初雪！

步出旅店不遠，就進入日內瓦大學的校園。那塊雕著加爾文、諾克斯這些新教改革者的石牆正在修茸，但我已為一幅難得一見的美景吸引住了。在一個女神的碑前，默默的冬青樹頭滿披著白雪，而女神背後的幾棵仍然豐滿的金黃的秋楓在陽光下閃閃搖動。這是晚秋。也是早冬，更是秋、冬之交的佳色。

日內瓦的「老城」，古拙、老趣，除了高高低低的斜坡外，走在小巷子裡，就像回到了海德堡，只是沒有海城的那份浪漫氣氛。但日內瓦的「新城」，臨湖而建，視野廣闊，就顯出小中有大的氣勢了。絕不能說日內瓦不優美，只是巴黎塞納河畔的風光依然浮在眼前，我就寧願把時間花在一座鐘表的博物館裡了。這座博物館，不止有一樓精緻的鐘表，還有一院精緻的秋色！

擔心秋真不能久住了，就改變日程，直奔德國「黑森林」之都的佛萊堡！

未來德國前，就聽說黑森林之美，新亞的林聰標和閔建蜀二位教授都是在佛萊堡大學深造的。他們知道我喜歡海德堡，知道我鐘意有文化氣息的大學城，就說我不能不去佛萊堡一訪。

抵佛萊堡車站又是黃昏後了。打了電話，知道「紅熊」旅店有空房，心裡暗暗興奮。這是德國最古老的客舍，建於一三一一年。房間古雅，菜餚一流，而價格只抵香港的三流。紅熊是小小的，座落在古城城門入口處。一進去就見到賓至如歸的笑容。卸去行裝，就覺得這是旅者夢寐以求的旅舍。是晚，不止喝了當地的啤酒，還嘗到了黑森林的鱒魚。

佛萊堡也只有十七萬人口，佛萊堡大學的學生就占了二萬二千人，也是一天可以優哉遊哉走完的城市。佛城的空氣特別清冷，小街上有城外「屈萊遜」河引入的小小水渠，光潔明亮，有似一條條玉帶，是臺灣新玉的色澤。當然，遊人不能不駐足欣賞的便是「市墟廣場」了。那幢血紅色的十六世紀的商業交易所（Kaufhaus）特別搶眼。而遠看近觀都令人歡然有喜的大教堂（Unserer Lieben Frau，吾等敬愛的女士），座落在市中心，君臨佛城。這座教堂，從十三世紀初開始建造，到十六世紀才完工，它或沒有巴黎聖母院那樣深深不知幾許，也沒有科隆大教堂給人那種堅毅無比的剛趣，但無論是外表造型，內部雕飾，都不同凡響。從八邊形的塔身伸入雲天的金字塔型的塔尖，在清洌的藍天裡，剛健婀娜中更帶幾分仙氣。瑞士的藝術史家勃格哈德（Jacob Burckhardt）譽之為基督世界中最美的尖塔。勃格哈德最心愛的藝術之鄉是意大利，竟發出這樣的讚語！既然看不盡基督世界的教堂，我就靜靜佇立在街頭一個角落上，抬頭雲天，凝視這中古宇宙遺落的「仙品」。

　　在佛城大街小巷裡閒步，與在海城時有些不同。海德堡是一片古趣，一公里長的「浩樸街」，像一首美得不能一口氣讀完的長詩；佛萊堡則在古意中更多些現代情調，街道的變化也多些，比較像篇散文。最令人稱賞的是，佛城幾乎是在二次大戰的殘瓦斷牆中重建起來的。除了大教堂以及少數幾幢老屋外，都是新建的，有五百多年歷史的佛萊堡大學也多數是戰後的建築，但現代的建築很著意地把中古的原趣保留下來。「傳統」與「現代」細針密縫地結合，竟是那麼的和諧。德人戰後的建設是真正的「重」建。人不能活在「過去」，但不能不活在「歷史」中。佛城所重建的不止是建築，也是歷史。遊這個現代與傳統結合得那麼精巧的小城，無法不想起已有二千五百年歷史的蘇州來了。蘇州的玲瓏清雅，是江南文化中特有的美的展現，也是人類文化中特有的美的品種。如何使那個古城在現代化中保有她歷史的原趣呢？其實，不要責怪現代化，真正的現代化正是應該讓「現代」與「傳統」接榫的呀！

　　來佛城就是要賞黑森林的晚秋；但這黑森林之都的城內秋意固濃，卻不多秋色。本想到城外幾處著名的黑森林區去的，但誤了車時。「紅熊」旅店的一位女士知道我在尋秋林。她說，出了城門，跨過天橋，就是「西樂詩槃」（Schlo Bberg），那裡就有我要看的晚秋了。

　　果然，不要半句鐘，我已經身處一山秋樹中了。不知是誰創了「黑森林」之名，森林本來就不黑，而在秋陽撫照下的殘秋，縱然無凡爾賽所見到的金碧輝煌，但葉未落盡，依然可見此一片紅，彼一片黃，秋色還是掬然可醉。而在「西樂詩槃」的山頭向下俯視，佛萊堡全景就在腳底了。哦！多麼像「聖山」半腰「哲人路」上所見的海德堡；也是萬千個紅色屋頂凝聚成的層層紅雲！對了，這裡見不到尼加河的古橋，也見不到浮在對山的最顯

殘缺之美的古堡！但看哪！那穿出紅雲、伸入藍天的大教堂的哥德式的尖塔，豈非畫龍點睛地賦予了佛城特有的精神和美麗！？

佛萊堡與海德堡一樣，都是「永遠年輕，永遠美麗」的大學城！

從佛萊堡到海德堡，不過四小時的火車。在夜的冷風中，回到海城尼加河畔的居處，有「異鄉人」返「家」的快樂。一周的秋之旅，隨著半瓶巴騰（Baden）的紅酒，送我進入夢鄉。但此夜無夢，只有暖意。

翌晨，海城已是冰霜滿樹，秋已老去。

——選自《華文文學百年選·香港卷 1：散文、新詩》，臺北：九歌，2018 年

•問題與討論

1.讀過其他有關「秋」的描述文章嗎？與此篇有什麼不同？
2.行旅與景點風光可以細說什麼樣的文化歷史（包括人文、物產、藝術、精神等）？

•延伸閱讀

1.曾虛白，〈秋，聽說你已來到〉。
2.古典樂，韋瓦第〈四季〉。

（黃寶珊　編撰）

味蕾炎涼

王盛弘

·作者題解

　　王盛弘（1970-　），臺灣彰化人。他自幼即喜愛寫作、繪畫，在青少年時期傾心閱讀琦君與三島由紀夫的作品，並因此受到啓發。他曾經以副刊編輯獲得金鼎獎。2001年，透過自助旅行，行走於英國、法國及西班牙等地近三個月，爲日後的創作開拓了豐實的題材與靈感。王盛弘熱愛文學與藝術，常細心觀察社會各層現象，從自身眞實的情感經驗出發縮寫人性裡幽微的故事；以三稜鏡折射的光芒，書寫同志的邊緣情懷與困境，而有「三稜鏡」三部曲（三稜鏡三部曲是指《慢慢走》、《關鍵字：臺北》及《大風吹：臺灣童年》的創作計畫）。現爲《聯合報》副刊副主任，最新作品爲《花都開好了》。

　　此文記敘作者獨自到英國愛丁堡求學，在寄宿家庭的生活呈現了格格不入的適應鴻溝，體味了異國的人情冷暖，透過味蕾覺受的暗喻，點滴滋味全在特別的飲食中嘗盡。

·課　文

1

　　那年秋天隻身去到愛丁堡，一抵位於郊區寄宿家庭，女主人喬簡單寒暄後問我，吃過蘇格蘭食物嗎？我說有啊剛剛在飛機上吃過了。喬冷哼一聲：那也叫食物啊。後來才得知，喬是專欄作家，供稿給雜誌，專長爲縫紉與烹飪。

寄宿家庭一天收費十四英鎊，供給閣樓一間單人房、早晚兩餐。早餐是烤吐司塗自製果醬、柳橙汁、盒裝水果優格，喬邊吃邊瀏覽過一份《蘇格蘭時報》，便在紙上開晚餐菜單，大概是為了方便白日的採買。

早早地喬便準備起了晚餐，那些繁複細節我是不懂的，但見烤箱似有動靜，而火爐上鍋子咕嚕咕嚕響著，主食是馬鈴薯泥。餐桌上喬和男主人伊恩問我課堂上學了些什麼，白日又到哪兒晃蕩去了？無論我如何回答，他們倆總是投以讚許的笑容，有時還教我幾個俚俗當地話。而我像個青春期身體還在拔高的少年一般食慾旺盛，因為餓因為美味，卻不能不說，也有一點討好喬的意思。

餐後，喬問我，要冰淇淋嗎？秋天的愛丁堡已經有點涼意，但我仍客氣地，以十分期待的語氣說好啊好啊。幾回之後，喬也不再問我意思了，收拾好餐桌便端出一盆冰淇淋，說著 Sheng Hong 最愛吃冰淇淋了，邊幫我舀上一碟子。

吃著吃著，這飯後一碟冰淇淋成了期待，一回喬在子薑罐頭裡舀濃濃一匙汁液澆冰淇淋上，口感絲滑宛如蜂蜜，甜而微辣，剎那間味蕾歡欣鼓舞，感官刺激太過於強烈而至今記憶鮮明。回台灣後我每於專販舶來品的超市找尋子薑罐頭，總是失望。

餐桌上沒有湯，以為還在火爐上，試著問喬。果然喬把我領到廚房，但她指著的是水龍頭，將一只玻璃杯遞給我，我睜大眼睛驚訝瞧著喬，她點點頭。

水可以生飲，事實是，還十分解膩，允為晚餐良伴；但是仍想喝湯，熱湯。學校裡老師問你們想家嗎，想念家鄉的什麼？湯，熱湯。我說。這裡沒有湯嗎老師問，我搖搖頭。同學遂指引我，離學校不遠威廉街上一家義大利小餐館有賣熱湯，裝在保麗龍湯杯裡外帶，馬鈴薯濃湯，起士番茄湯，青豆湯，用料豐富扎

實，滋味馥郁，而且騰騰冒著熱氣；賣湯的年輕廚師穿皙白制服，鮮奶膚色，眨著兩扇漆黑眼睫毛微笑著問，今天想吃點什麼？

幾名同班同學，來自波蘭的日本的克羅埃西亞的捷克斯洛伐克的，中午下了課就來這裡報到，然後轉移陣地到鄰近教堂草地上，日光篩過紅葉潑灑在身上，身上癢癢的好像碳酸飲料啵啵啵地冒著泡。而教堂裡燭光閃爍，地上躺著立著一束又一束鮮花，有人默禱；稍早，飛往美國四架飛機遭挾持，一架撞上五角大廈，兩架攔腰自雙子星大樓衝去。

2

告別愛丁堡前一晚，幾名同學在舊城區 There Sisters 飲酒、看足球比賽轉播，我也跟著歡呼也跟著狂吼；好捨不得互道珍重再見請保重時，才意識到最末一班回郊區的公車已經開出，懊惱、無奈，但很快地也就接受，敲了幾家小旅店的門都說沒房間了，遂作出在馬路邊沿躺椅上窩一晚的打算；好一會兒後發現，一輛夜間公車遠遠駛來，我一邊招手一邊掏錢，卻發現只有大鈔，這時簡直要對自己生起氣來了。

等下一班車吧，但要先換零錢。就近走進一家小餐館點一份 kebab 找錢請給零的公車我要搭，支支吾吾我越急越發說不清楚了，倒是把抱歉我英語很糟講得極順口。這時候，櫃檯後那名黑髮、褐色皮膚，顯然是移民的中年婦人對我說：沒有關係，我也是。她微微笑著，緩緩說著，安撫了我的情緒。

輾轉約克，來到倫敦。

早就耳聞英國食物令人不敢恭維，哲人羅素把飲食提升到文化存亡的層次：「若吾人不能精進烹調技術，持續吃如此難吃的食物，那英國文化永無改進之日。」王爾德伶牙俐齒：「英國人

殺動物殺兩次：第一次取其性命，第二次奪其味道。」這些都不如嵐山光三郎的話來得具體而微，他細數日本文人飲食小節，談到夏目漱石時，起筆便寫下：「據說漱石之所以罹患精神衰弱，是因為倫敦留學時的食物太過於難吃。」

儘管英國食物的難以下嚥，大家都插得上嘴，但我個人的體驗是：也沒那麼糟。就不說在愛丁堡有喬這位飲食專欄作家伺候了；倫敦畢竟是座混血城市，至少說著三百種不同語言，各色人種帶來各自家鄉的食物，把這座大都會翻炒成食物大熔爐，難怪美國《美食家》雜誌曾製專題，聲稱倫敦是美食之都；雖然，雖然以我一名華人，華埠旺記的食物入口時，難免心生一種這是假中國菜的疑慮，就像我頻繁造訪的愛丁堡植物園裡，矗立於中國園區那座涼亭，多角形屋頂、髹漆成大紅色便要冒充成中國涼亭？

一日，我搭火車離開倫敦，三刻鐘後抵達濱海城市布萊頓，參觀了外表模仿阿拉伯皇宮，而內裡洋溢驕奢淫逸中國風的 Royal Pavilion，發現宮裡廚房大張旗鼓，鍋碗瓢盆羅列簡直是一支軍隊任人差遣。單看這排場，讓人無法相信食物能有多難吃。

走到海邊，隨意一家小餐館落坐，來一份炸魚薯條吧。一會兒後上桌了，這，我看著目下光景發愣，目下這條魚被折騰得黑色褐色混雜，首尾模稜難辨。但當我揭開麵皮，看見鮮潔魚肉時，食慾驀地被喚起；入口時，感覺到味蕾自沉睡中甦醒，彷彿芭蕾在長久醞釀後，啵地一聲掙脫萼片拘束，張開第一片花瓣。落地窗外海水在日光下閃閃爍爍，煥發銀藍色光芒。

天寬地闊，礫灘上只我一人漫步；不久後看見遠遠地有人與我成直角射線，自馬路往海邊走去。我們倆碰上了，可以幫我個忙嗎他問，我點點頭。他自背包裡拿出立可拍相機遞給我，然後，然後他竟在我面前脫起衣服來。我故作鎮定看著他褪至一絲

不掛。請幫我拍張照片他說。喀擦一聲，立可拍吐舌頭般吐出一張相紙，天光下逐漸顯影。又一張。他問要不要我也幫你拍一張，我搖搖頭說不了謝謝你，他沒有說服我，笑著遞過來一張他的裸照：給你當紀念。

3

味蕾有頑強的記性，儘管旅行不能脫離飲食但從來不是我旅行的主題，味蕾仍不動聲色廁身其間，以至於旅程結束，返回日常生活後，飲食，以及圍繞著飲食的故事，一道道端上記憶的餐桌。

淋上子薑罐頭汁液的秋天的冰淇淋，鮮奶膚色小廚師端出的熱騰騰濃湯，敗絮其表金玉其內的布萊頓炸魚薯條，乃至於巴塞隆納聖家堂前海鮮燉飯……一如刺青般味蕾記住了這些，但不只有這些，同時它記下那些不對胃口的；對味，或不對味，都是旅程一部分——。

在愛丁堡。每個周末伊恩和喬的小兒子馬修會回家，為了不打擾他們一家人團聚，我總找藉口不回去用晚餐。一個人在外，晚餐時段最是難熬，童少時母親在廚房裡的鍋鏟碰擊聲響、炒菜炸魚燉肉的香味、家家戶戶屋頂冒出的裊裊炊煙驀地襲上心頭；那一個個周末我走進大賣場選購一盒3.9鎊、4.9鎊即時生菜、筆管麵，坐街旁椅子上，秋風冷涼，味同嚼蠟；一名流浪漢模樣，穿蘇格蘭裙老人家蹲我對面吹笛子，我著意多看兩眼，蘇格蘭裙裡穿不穿底褲的問題，我是心裡有底了。

在倫敦。波多貝羅市集裡流動攤販趕著收攤似的高喊一臉盆蘋果一英鎊。我看那一盆盆青蘋果色澤瑩透光鮮好不可口，遂要了一盆，回旅店後拿起一顆咬了一口。哇，在毫無味道之中微微透著酸與澀。來自水果王國的我想不透何以致此，何能致此？

倫敦天氣陰冷，開始一天活動前到速食店飲一杯熱巧克力，很能振奮人心。一回我發現熱巧克力淡得像洗杯子水，疑心種族歧視，堅持讓服務生給我換一杯。另一回，將餐點端到地下室後發現只給一半，又到櫃檯去更換；回地下室卻發現桌上那份餐點已經消失，唯二的隔壁桌華人青年望了望我，低下頭去喊喊噇噇。我心想，這也許是他們身在異域的自重，以為我忽視速食店裡垃圾自理的默契，而主動幫我代勞了。

我的心裡酸酸的，是因為肚子還餓著，或不結伴的旅行，沒人可以互相照料？

種族歧視並非我的聯翩浮想：初抵倫敦投宿青年旅館，為了折扣我一口氣訂了一星期，每晚九英鎊，離譜的是櫃檯給了床位卻沒給鑰匙，而我竟也接受了。櫃檯說：上一名房客沒有歸還，明天給你。明天復明天，沒有鑰匙，回房總要麻煩同房旅客，十分不便；卻有一回不住這房間一名黑人徑自開鎖進房，發現我躺床上看書，匆匆離去。

轉眼到了第四日，受不了了，下樓準備罵架，卻遇上了個女孩頻頻對我說抱歉，無奈偃息了怒火，還好她身旁一名青少年及時奉我四個字母髒話，死灰復燃，我回罵了過去。這時，櫃檯後一名青少年才笑吟吟地自他身上掏出一副鑰匙交給我。準備回房時，一群青少年男女排排坐把樓階梯給佔滿了，一雙雙眼睛都張望著我看我怎麼辦。也是可以繞到另一棟建築搭電梯的，但是那一刻，我硬是說著抱歉借過地，自人群中開出一條路來。

4

在亞維儂。一個天矇矇亮的清晨，於僻靜小巷一名華人女孩找我問路，她自稱來自新加坡，英語夾雜簡單中國話；這時我隻身旅行已經三個月，突然能用華語交談真是太好了，兩人遂相約

參觀教皇宮。購入場券時她說，你先付。櫃檯問：要買教皇宮與聖貝澤斷橋聯票嗎？女孩搶著回答，要！

兩人一路參觀。高行健前一年剛獲諾貝爾文學獎，此刻正在宮裡展出水墨畫，我端詳著訴說著，逐漸地感覺到我的話語逐漸失去了依附的對象，當我轉過頭去時發現女孩，消失了。

直到離開教皇宮，我仍相信她也正在找尋我，急著將錢還給我：對不起我剛剛迷路了這是你的錢我們交換聯絡方式以後保持聯絡吧。也許她會這樣說。我選擇在宮前廣場邊沿用午餐，挑了個露天座位，這樣我們可以很容易看見彼此——前提是她也在找尋我。

前一個星期，在巴黎遇上大罷工，心儀的美術館博物館都不得其門而入，鎮日街頭晃蕩，碰上棕色皮膚街頭藝人佯稱免費幫我畫像，實則獅子大開口；又遇見西裝革履黑人青年拿連署書要我簽名抗議他的非洲祖國虐童，其實是捐款敲詐；算了提早離開巴黎吧，把手邊僅有的現鈔帶在身上做最後一瞥，卻又於蒙馬特看見三名棕色皮膚男人玩猜猜球在哪個杯子裡的古老詐術，而我這個笨蛋，竟在三五分鐘內失去一千餘法郎，真是懊喪極了，以至於之後旅程一看見棕色皮膚男人，我便遠遠躲了開去。

如果這回，這名華人女孩打的也是佔小便宜的算盤，而我讓她得逞了，那我懷疑我面對這個世界的態度肯定哪裡出了錯；想著這個，想著那個，這一餐吃的是什麼事後全無印象。

這證實了，味蕾並不總是獨力發揮判斷力，它與其他感官、精神狀態的反應渾然成一整體，就說那讓喬冷哼一聲「那也叫食物啊」的飛機餐，艾倫‧狄波頓就覺得別有風味，原因是：「原本在廚房吃，會令人覺得乏味、生氣的食物，在有白雲同桌相陪時，就會有種新的味道和趣味。」我的理由更素樸，是旅行這回事讓一顆心飛到半天高才讓半天高的飛機餐煥發光采；加上童少

時代的匱乏經驗，食物之於我相當程度等同汽油之於汽車，熱量與養分換算成維生的哩程，因此在旅途上我很少浪費食物。

旅行中的飲食記憶，記住的遂也就當然是一個單元的故事如花草扎根土地，而非單品像切花；所以美食往往伴隨著美麗的氛圍，難吃的食物也常有個難堪的背景；最難堪無言的時刻還是要再回到愛丁堡──。

那個早晨，當吐司烤得焦酥，我扭開喬自製的果醬罐頭，拿手邊一把刀子去挖，正巧喬走進餐廳，她發現我以用過的刀子挖果醬，臉色霎地一沉，大聲喝我：不可以這樣！我被她嚇住了，想解釋說使用前已經擦拭乾淨，卻張口結舌愣愣望著她，一句話也吐不出。喬坐下，翻開報紙瀏覽著，九一一後續報導長時間占據大量篇幅。幾度我想解釋，但錯過了第一時間就更開不了口了。

當我準備出門，喬放下報紙，問我晚上回來用餐嗎。我小心翼翼斟酌用語卻說出了無論怎麼聽都有點奇怪的：如果可以的話。

當晚，等在餐桌的不復是烤牛肉馬鈴薯泥青豆花椰菜更遑論餐後一碟冰淇淋，而是泥灰一鍋粥，又涼又黏稠，無滋無味；我強自鎮定盛了兩碗，一如往常說我吃飽了然後上樓去。其實晚餐時分我不時找尋解釋的時機，但該死的我這彆扭的個性讓我直到下桌都沒能夠開口。

如果解釋清楚就好了，就不會在多年後的今天我仍掛念著。

──選自《花都開好了》，臺北：馬可孛羅，2017 年

•問題與討論

1.隻身到外地求學，說說你的學習與體會。

2.文化與語言的隔閡，是否會阻撓你結交外地朋友？

3.試述敘某種特別的味蕾記憶，伴隨你的是什麼樣的故事？

·延伸閱讀

1.韓良露，《雙唇的旅行》。

2.電影，「深夜食堂」（日本版）。

3.電影，「壽司之神」。

（黃寶珊　編撰）

車過巴勒斯坦難民營

西西

·作者題解

　　西西（1938-　），原名張彥，香港作家，祖籍廣東中山縣，十二歲隨父母移居香港，初中時便開始投稿香港的報刊、雜誌。1957年進入葛量洪教育學院（今香港教育大學，教育學院前身），畢業後任教於官立小學，七〇年代曾積極參與爭取教師權益的運動。1979年提早退休，專事寫作；作品豐富，多寫香港的城市生活，對詩、小說、散文、童話均有涉獵。既是詩人，又是小說家，但以小說見稱。筆意輕鬆，但體貼入微，風格獨特。西西的筆名來由是象形文字，像一個穿著裙子的女孩兩腳站在地上的四方格子裏，「西西」就是跳飛機的意思，是她幼時常玩的遊戲。她的小說常相互交錯著傳統與現代、悲情與喜感。主要作品有：長篇小說《我城》、《鹿哨》、《候鳥》；中篇小說集《草圖》；短篇小說集《春望》、《像我這樣的一個女子》；散文集《交河》；詩集《石磬》等。

　　此詩記錄著中東難民們不被諒解的宗教、不被了解的語言，披著守喪的歲月，承受民族的復國與消亡。

·課　文

　　國際憲兵的天秤斜向大衛之星
　　你們忽然淪為寄生的賤民
　　被圈禁在耶路撒冷、安曼、開羅

貝魯特、科威特等地的難民營
喪失一切自由、身份和人權

遠遠看見擠逼的營地，本來是帳幕
如今是簡陋的磚房，鐵皮屋頂
冬季如冰窖，夏日像蒸籠
較好的樓房，你們不屑去
無國哪有家，所以奮力
爭取屬於屬於自己的家園，而我們
稱你們為恐怖份子，趕盡殺絕

你們的聲音我們聽不見
你們的宗教不為我們諒解
你們的語言，需要翻譯再翻譯
仍不一定進入我們的世界

上帝是以色列的上帝吧
把你們居住的土地應許給別的子民
流乳與蜜之地，其實貧瘠而荒蕪
除了加利利湖、約旦河谷
只是曠野、死海和沙漠

你們沒有愛因斯坦、魯賓斯坦
佛洛伊德和夏迦爾，沒有一人
選入舒特拉的名單[1]

---

[1] 舒特拉的名單：英文為：Schindler's List，臺灣譯作「辛德勒名單」，是一部
1993 年上映的美國電影。它講述了一個德國商人奧斯卡・舒特拉拯救猶太人
的故事。改編自澳大利亞小說家托馬斯・肯尼利的小說《舒特拉的方舟》。

你們沒有可以哀撫的哭牆[2]

車子沿著難民營駛過，你們
　多容易辨認，約旦人
　披紅白格子的頭巾，你們披黑白
　守喪的顏色，守喪的年月
　一個民族的復國竟是另一民族的消亡

——選自《西西詩集》，臺北：洪範：2000 年

·問題與討論

1.你曾擔任過國際志工嗎？若有，請描述接觸臺灣以外的經驗。
2.說說你對中東文化與宗教的認識。

·延伸閱讀

1.張曉風，《哭牆》。
2.余光中，〈如果遠方有戰爭〉。

（黃寶珊　編撰）

---

2 哭牆：哭牆又稱西牆，也稱「嘆息之壁」，是耶路撒冷舊城猶太國第二聖殿
護牆的遺址，猶太教視之為第一聖地。千年以來，流落在世界各角落的猶太
人回到聖城耶路撒冷時，常會來到石牆前面壁而泣，哭訴流亡之苦，「哭
牆」之名由此而來。這面牆也是歐亞的分界線。

第三單元

第三單元

通向自然

新中橫的綠色家屋／劉克襄

黑與白──虎鯨／廖鴻基

小水滴遊高屏溪／曾貴海

斯文豪氏蛙／凌拂

天論／荀子

畫眉鳥／歐陽修

歸園田居五首其二／陶淵明

單元導讀

莊子說：「天地與我並生，萬物與我為一。」說出了人與自然同源並生的道理，同時指出人類與自然息息相關。人是自然界的一份子，如果靜心思考，其實只不過是宇宙中的微粒而已。因此認識並尊重自然，從中學習，獲得啟示，與之和諧相處，才是人類永續發展的根本。

「一粒砂見世界」，觀察、欣賞自然環境中的一草、一木、山、水、日、月、風、雲……等，並藉由生活的實際感受，體驗環境有形的詮釋與對話。

本單元的選文，旨在認識在地自然環境的生命與活力，並藉由對自然環境的指引與啟發，思索如何與其和諧共處，促使自己生命旅程中重新認識自己，認識環境，感受人與環境互動的重要性，進而更加珍惜與愛護，達到永續和諧的境界。

其次，從自然而然的自然事物中，學習前人面對環境與自然的智慧，兼及現今所處環境的體悟，認知人與天地萬物的相似與相異之處，開拓生命智慧，做好人事本分與調適心性的自然，作為安身立命的參考。選文從閱讀環境與發現自然之美開始，以認識學習的心態為宗旨，期能建立獨特的審美觀與自信心，進而愛護自然、保護環境，創造應時處順的人生觀。

（林天祥　撰）

新中橫的綠色家屋

劉克襄

•作者題解

　　劉克襄（1957- ），臺中市烏日區人，有「鳥人」之稱。文化大學新聞系畢業後，曾任職《臺灣日報》副刊編輯、《自立晚報》藝文組主任兼副刊主編、《中國時報》人間副刊撰述委員，現職爲中央社董事長。年輕時喜愛賞鳥，並以鳥類生態作爲書寫題材，開啓臺灣自然生態寫作之風。在創作寫生的過程中，小自昆蟲花草，大至地理文史，多所嘗試，且能深會有得。近來創作則以生態旅遊、古道踏查與社區營造爲主。由於長年蹲點考察臺灣的生態，對於這片土地有深刻的瞭解，將其經驗，形之於文，每能引起共鳴，如〈最後的黑面舞者〉引發大眾對於黑面琵鷺保育的重視；〈隱逝於福爾摩沙山林〉描述一位紐西蘭父親進入臺灣山林找尋失蹤兒子，而牽動臺紐間情誼。其作品屢獲不同文類獎項，如：吳三連文學獎、中國時報敘述詩推薦獎、吳魯芹散文獎，更於 2019 年 7 月以《早安，自然選修課》，榮獲第六屆聯合報文學大獎。著有《溪澗的旅次》、《十五顆小行星》、《11 元的鐵道旅行》等。

　　本文敘述家屋的主人以自然生態工法整治河川，以自然有機方式種植蔬果，爲我們提供一幅充滿生態內涵的自然景象。其所欲傳達者即爲人們應如何面對自然，而能與之安處的精神。對於一般居住在城市裡，講究發展、迅速的價值取向的人來說，無疑是一種啓示。

　　過了山城水里，再往內山行去，只有一條台十六線。

　　這條山路的盡頭，井然二分，看似吉利的數目字也變了。綿長的台二十一線緊貼著中央山脈，但南北風光截然不同。

　　往北行，不遠處，日月潭坐落著，沿途開闊，景致明媚，一路好山好水。晚近熟知的一些新興的文化創意產業，或者社區營造的示範村落，這兒也散落了那麼好幾處。在此彷彿看得到美好的光景，也看得到未來的發展可能。

　　若折道向南，俗稱新中橫，道路突地變得窄小，窮山惡水，直通東埔，遙指神木村。過往新聞報導裡，雨季一到，凡新中橫，都是負面的新聞為多。山崩路斷、土石流橫阻等不好的印象，常攏集而來。

　　前個月，我臨時要去日月潭附近，拜訪社區營造的新景點，一時訂不到附近的，只好上網在就近的水里，找間適合的民宿過夜。初時我們以為，民宿就在鎮上不遠處。豈知，水里範圍甚大，非區區一小鎮之內涵。當我和內人摸黑駕車，尋路抵達台十六線的盡頭，發現不是左轉，竟而非得轉向新中橫時，二人頓時不安起來。

　　「可以退掉，說不去了嗎？」我一邊轉向，一邊遲疑地嚅囁著。

　　「可是人家已經準備晚餐，這樣太失禮了。」老婆口氣還是很堅決。

　　車子又開了三四公里。一路上，左側多為險峭的山勢，右邊則是開闊的陳有蘭溪。或許是接近山區，夜空不時急落暴衝的陣雨。月光下，溪水看似優美，但時斷時續的豆大雨珠又彷彿提醒著，山洪若爆發，隨時可能會有那種挾著巨大土石，浩蕩奔騰的

駭人情景。

我們欲下榻的民宿叫老五民宿，坐落在上安村，一個叫郡坑的小地方。一般地圖上，還不一定註明。連我這樣經常旅行的人，久未走訪，對此地亦是充滿強烈的陌生和疏離。

車子抵達荒涼的村子後，只見街道暗灰灰地，彷彿已半夜多時。單面的一排街屋，幾戶人家露出鵝黃之小燈和電視螢幕的閃爍，映照著柏油路上溼答答的水漬之光。從抄錄的地址索驥，我們小心翼翼地沿一條小徑右轉，再陡下而行，彎繞至一河階台地才結束。這段更沒路燈，只能靠著車燈搜尋。夜色昏暗，我們雖然看不見彼此的臉，但勢必都充滿無奈，彷彿誤上了賊船。

按木牌指示，駛抵民宿規劃的空地後，四周盡是荒郊林野。我們不禁再納悶，想要下榻的民宿到底在哪？直到把行李卸下，又有一牌子指引方向，才豁然有了另一番新境。

眼前一條蜿蜒的幽深小徑，鋪著錯綜的石階，彎彎曲曲地伸入一座庭園。小徑旁並沒有路燈裝置，路面亦有些崎嶇不平。我暗自詫異，這些小細節都沒處理好，該不會民宿還未完工吧？還是老闆為了省錢而就簡？走沒幾步，才警覺，自己一時心急，大意誤判了。

只見不遠處溪聲潺潺，幾雙流螢緩緩慢飛，周遭蛙鳴亦不斷。若是小徑映射明亮的燈光，恐怕就無此風景了吧？而小徑刻意彎曲，保持原始風味，也有形成多樣風景的功能。我們再舉頭，林子不遠處，一棟二層樓木屋外貌的民宿坐落著，黑瓦白牆散發著和風味，彷彿風景明信片上的畫面。

主人似乎恭候多時，仍在一樓亮著鵝黃小燈的餐廳工作，有機的晚餐也早就備便了。這幾年在家習慣清淡安全的食物，外出旅行吃東西，甚是辛苦，尤其是走訪偏遠地區。沒想到這家民宿在網路上的宣傳，毫無誇張不實之處。二人一邊享用晚餐，自是

開懷不已。

　　我們當初在網路上尋找民宿時，主要便看到了自然農法的介紹，被此一信念而吸引，決定挑此夜宿。但那時還是半信半疑，可能只是廣告噱頭。現在不僅旅途的舟車勞頓終於卸下，連當初訂房的忐忑不安也解除。

　　桌上的晚餐內容如下：紅麴麵線、土肉桂佐破布子煨苦瓜、有機蔬菜沙拉、金針菇炒洋蔥、花生豆腐，以及梅子燉雞等。幾乎所有食材都採用當地自然農園的物產，或者以自家醃漬的食品做為佐料。這頓簡單而別緻的晚餐，從內容的選擇即可忖度出主人的理念和用心。

　　飽足後，走上二樓的客房休息，環顧房間內的擺飾果真無電視、冷氣，外頭亦無卡拉OK。一般民宿若是如此布置內容，相信遊客必定抱怨不已。但女主人一開始即提醒我們，希望旅人來此敞開心胸，多聆聽周遭自然環境的聲音，而非躲在房間內，觀看電視。我雖欣賞主人的信念，但不免疑惑，到底有多少旅客，願意選擇這等簡樸的民宿環境？

　　淨身後，下樓再拜訪女主人，她正在餐廳一角，製作多種口味的全麥饅頭。這項副業，如今慢慢地成為老五民宿的招牌。民宿在此偏遠位置，能夠吸引的旅客著實不多。他們因而發展手作食品，譬如饅頭、釀造醋、醃梅、梅精等，試圖推廣地方物產，同時增添些許收入。

　　飯後，通常民宿主人都會泡茶，請客人吃些小點心。如果客人願意聊天，他們也樂意分享自己的生活資訊，或當地風物見聞。

　　這間開業約莫十年的民宿，不只強調建築的家園美學，以及民宿的在地精神。更難得的，當然是懷抱有機的理念經營。過去我偶遇民宿主人，或有生態觀念甚佳者，嘴上喃唸環保，但往往

力行有限。那天晚上，針對有機農作，我便進一步探詢莊主在此自給自足的理念。

原來，男主人姓盧，綽號即叫老五，從小在郡坑的鄉野長大。年長後，他到城市的銀行上班。女主人過去也是上班族，擔任山葉鋼琴的老師。後來，他們厭倦緊張而忙碌的都會生活，十多年前決定搬遷回老家。

這樣的返鄉背景，其實在台灣各地比比皆是，並不特別。但接下來的遭遇，似乎才值得反思。返鄉後，老五因為愛喝茶，決心從事茶葉的栽植。他先在日月潭畔購地種茶，起初也灑農藥，但他漸漸困惑，農藥真能治蟲嗎？小時候認識的害蟲現在依然生生不息，反而是農藥必須不斷推陳出新，更令他沮喪的是，家鄉早已質變，不再如兒時那般淳樸。

「其實這些都是有相關性的，因為人的要求太多。依照大自然的法則，農作物只能收成一半，但人全都要，就必須灑藥施肥，然後賺比較多的錢，再去買卡拉 OK、喝酒……結果有比較好嗎？沒有啊！生活富裕了，精神卻變弱了。我們這兒的人年紀輕輕就中風，體態也全都走樣了。」沒讀過生態學的老五，從生活中累積的體驗，摸索著人和自然的相互關係。

他得到一個結論，大自然有平衡的機制，也決定栽植有機茶葉。只是當時有機之風未開，較高的售價使得茶葉銷售困難，沒想到又遭遇一場土石流，將茶園沖毀大半，迫使他走向民宿經營之路。

為何要蓋一間和風味十足的民宿呢？其實，老五只是懷念小時候的鄉村，期待有一棟色澤可以搭配自然環境，同時非水泥的建築。結果跟建築師討論後，搭建出了今日黑瓦白牆的模樣。如今不遠處，他自己和一些友人，利用工作假期，正在興建另一間屋舍，更充滿節能與環保精神。

也不只建築帶著綠色思維施工，連庭園維護亦然。比如，農莊闢建前原有一條長滿水草的彎曲圳溝，過去地方政府花錢疏圳，全部鋪上水泥，九二一地震時崩毀。老五自己開怪手清理，轉而以石塊重新鋪砌河岸，恢復水草多樣生長的世界。桃芝颱風來襲時，即使大水淹沒庭園，溪流仍安然無恙。老五笑說，比水泥還省錢。我們以為那是生態工法，但那時他根本沒涉獵多少生態知識，只是執著地想要恢復，兒時所看到的溪流環境，有溪蝦和小魚棲息。

還有草坪上，彷彿種植了許多園藝植物，其實不然。老五都堅持本地的原生樹種，搭配民宿的內涵。我們遠眺民宿猶如清靜典雅的京都別墅。細觀之，才知是充滿生態內涵，尊重物種的鄉土農舍。

隔天清晨，我們喝當地出產的羊奶，吃手工全麥饅頭和蔬果沙拉。原本一大早想趕去日月潭，因為喜愛整體民宿的環境，又好奇老五夫婦的理念，遂刻意再留一些時間，繼續和他們深聊。

我有一個不解，想從他們口中獲得答案。台二十一線貫穿的信義鄉，還有緊鄰此鄉的這裡，大抵是每回颱風時，屢屢發生土石流的地方，也是生態學者詬病，地質最為脆弱，山坡開發最為嚴重的環境。夏季一落雨，許多遊客都不太敢前來。他們為何堅持在此條件相當不利的環境經營民宿，還要宣導有機呢？

老五的回答很乾脆，因為這是祖先的家園，世代在此成長。

除了實踐自己夢想中的屋舍，他還希望帶動村人一起進行自然農耕，漸漸讓家鄉的土地變乾淨。經營民宿不僅能吸引旅客到來，購買當地的物產。透過直接接觸，農民發現愈來愈多消費者詢問耕作物是否有機，因而更會思考轉型。反之，拜訪產地也讓消費者認識作物的真面目。

　　保護土地也維護自己的健康，將來下一代才能繼續在此安身立命。老五深刻體認，有機無法一個人單獨完成，而是大家一起不用藥，整體環境才可能改善。

　　早些年，他在鄉間，聽過許多過度噴藥的可笑案例。比如，有人到葡萄園摘葡萄，當場吃了二顆，嘴巴就麻了。還有一個更離奇，一位小偷摸進農園摘果物，偷了一陣後，結果當場倒地睡著了。莫非是太累了？非也，而是周遭剛剛才噴灑農藥，小偷在裡面待太久，被薰昏了。

　　經過他的不斷勸說，身體力行。時日一久，周遭的鄰人也發現，有機耕作的成本反而比噴灑農藥低，又對身體好，遂逐漸認同他的理念，放棄了慣行農業的栽種方法。如此，一個接著一個，好幾戶都跟他站在同一條陣線。

　　於是，六七位志同道合的農民相互合作，在這片簡窳之地悄然地組成了上安自然農耕隊。他們嘗試以友善對待土地的方式，種出各種安全的蔬果和農產，宣揚生活中實踐環保的重要。

　　他們種的果實仍是附近的特產，只是梅子沒附近的青綠，葡萄亦不如豐丘的肥美。但這些農作對土地、對食用者、對生長在這塊土地和農耕的人，都是健康安全的。

　　以前我常疑惑，有機家園的夢想，在台灣會不會是紙上談兵？在這兒，在台灣最不安穩最惡質的環境，一個從鄉野摸索土地倫理的民宿經營者身上，我隱然看到，這等彷彿不切實際的高遠理想，早已在默默地辛苦摸索，而且是從民宿的經營出發。

　　八八風災時，信義鄉再度遭到土石流重創，水里亦遭波及。坐落陳有蘭溪畔的老五民宿，還有農耕隊還安好嗎？後來得知此地無恙後才寬心。諸多熟悉的災區，卻特別關心它，無疑地，我們早把這裡，這棟偏遠小村的黑瓦白屋，當作生命裡很重要的旅次之地，也認定是未來偏遠山區理想家園的指標。

——選自《十五顆小行星—探險、漂泊與自然的相遇》，臺北：
遠流，2010 年

・問題與討論

1.什麼是生態工法？
2.定義有機蔬果的條件是什麼？
3.請以「我印象深刻的臺灣民宿之旅」為題，試寫短文一則。

・延伸閱讀

1.劉克襄，《早安，自然選修課》。
2.劉克襄，《溪澗的旅次：劉克襄精選輯》。
3.劉克襄，《十五顆小行星：探險、漂泊與自然的相遇》。

（蔡舜寧　編撰）

黑與白——虎鯨

廖鴻基

·作者題解

　　廖鴻基（1957-　），臺灣花蓮人。花蓮高中畢業後，曾擔任採購、養蝦工人以及縣議員助理等職。三十五歲時決定轉業，以討海為生，從捕魚、網魚到賞魚賞鯨，進而投入保護海洋的行列，並因此開始以海為主題的寫作。因為對海的認識與熱愛，1996 年參與民間企業所贊助的「花蓮沿岸海域鯨類生態研究計畫」。從此對鯨豚生態進行調查工作，期間規劃賞鯨船，擔任海洋生態解說員。作者為了進一步關愛海洋環境，成立黑潮海洋文教基金會，擔任創會董事長，至今仍致力於臺灣海洋生態保育及教育工作。

　　廖鴻基為海洋文學作家，作品多敘述自身與海洋相鄰相處之所見所聞所感，或以報導文學方式呈現，或以主觀感懷抒之，篇篇精采動人。著有《討海人》、《鯨生鯨世》、《漂流監獄》等。曾獲時報文學獎散文類評審獎、聯合報讀書人文學類最佳書獎、吳濁流文學獎小說正獎，第一屆台北文學獎、賴和文學獎、九歌年度散文獎、新加坡國家圖書館年度好文，2018 年「當代（1997-2017）臺灣十大散文家」。

　　1996 年，作者組成尋鯨小組，進行「花蓮沿岸海域鯨類生態研究計畫」。兩個多月的計畫期間，共出航三十趟。本文為計畫將至結尾時，竟然在花蓮南方石梯坪外海，遇到六隻虎鯨的經過和感觸。

・課 文

1

年輕時很喜歡在海灘上流連。起落不息的浪潮，往往能分別我心裡種種模糊不清的是非與黑白。

三十五歲那年，出海捕魚成為討海人，我能知覺，航行出海如解脫鉛錘鐐銬般的舒暢，我能知覺海洋向我漸次展露的魅力……但我終究無法自我解釋，出海到底為了什麼？

破曉時分，經常看見海豚躍出海面。海豚迅捷地衝起衝落，留下一陣陣水波漾在海面，漾在心頭。那是兩個世界、兩個生命間的因緣擦觸，雖然短暫，但那驚訝與感動，如心中的水波向外湧推，久久不能平息。

我感受到海洋蘊蓄的無窮魔力。原來下海的每一步路都如船尖探觸海面——我在尋找、在等待，也許，海洋能夠給我一個黑白分明的答案。

2

七月底，葛樂禮颱風、賀伯颱風相繼來襲，工作船在重重防颱纜繩中繫綁了十四天。濛濛浪露沿岸翻飛不息。如關在船渠裡的船隻，我感到受困的焦躁與不安。

兩個月的「尋鯨計畫」已經過了大半還未發現大型鯨；已經四十歲的年紀似乎越來越不堪任何的遲滯與延宕。想起紀伯倫的一首詩——

……

再也不能躑躅了。

召喚一切的海，正在召喚我；

我必得上船，

因為留下來便會凍結，

便會僵硬如被鑄限在模子裡……

不能再躑躅了，儘管第三個颱風寇克在台灣東北外海滯留徘徊、長浪未定，不能再躑躅了！八月九日，我們解纜從花蓮港出海，航向花蓮南方的小漁港——石梯坪。

南方海域有許多著名的漁場，船長和我都認為，南方海域應會有更大數量及更多種類的鯨豚出沒。

3

下來石梯港已經過了五天，寇克颱風仍然滯留徘徊。

五天來，海況持續不穩，颱風長浪翻攪海底泥沙，大片黃綠色濁水始終瀰漫整片海域。工作成績一直不理想，海上鯨豚的處境大概也和我們一樣，全都在舉止不定、黑白不明的風浪裡擺盪。

五天下來，船長似是開船開累了，早早就把船頭指回港嘴。儘管每一個航次都多少發現了幾群海豚，但牠們總是匆匆惶惶，像在趕路或者是逃難。所有我們急於拋出船舷外的親善意圖，全被颱風浪應聲攔斷。牠們只顧衝浪前行，船隻和牠們的關係相隔遙遠，那樣的感覺是陌生而落寞的，如蕭瑟的戰場氣息，船隻像是浮在海面上的一片枯葉。

晚上，我們在港邊碼頭上喝酒聊天，長浪沖進港岬，船隻被流竄不定的水流前後拉扯，纜繩一陣緊一陣鬆，發出類似呻吟的咿哦聲……船長神情嚴肅的說：「看樣子，明天開回去好了。」那是豐富期待後急遽失落的心情。

喝下幾杯酒後，我懷念起北方海域屢次與我們周旋親近的海豚。

許多虱目魚躲避風浪游進港裡,天黑後,當地漁民在港區佈撒長網,大約每兩個小時間隔便划著竹筏下去收魚。幽幽燈影外,一艘竹筏坐了七、八個人,分別拿著長篙奮力撐船。幾個工作小組成員跟下去收魚,黑暗裡傳來他們宣洩似的吶喊和嘯叫。

4

一個灰濛濛人影從港堤上緩緩走入我們圍坐的燈影中。是一位熱心生態攝影的朋友從臺北問路找來;稍晚,研究生「土匪」也開車來到港邊,他原本要上山作蛇類研究,山路崩斷了,他從南投轉折過來。

我曾經在海上巧遇一位多年不見的朋友,那感覺和岸上相遇全然不同。

今夜,在這南方小港碼頭邊,我又有那股海上相遇的溫暖感覺。

5

氣象報告說,寇克颱風開始啟步北挪。看著畫面上的衛星雲圖,我想,那是多大的力量和多麼空白的心才能把雲絮拖聚成這樣黑白分明的漩渦。

6

八月十五日清晨,屋簷滴水,窗外海面灰濛濛一片,海面少了旭陽亮點就像少了朝氣活力,今天的海顯得陰森沉重。

可能沒辦法出海了。冒著雨在港堤上處理前些時候當地漁民誤捕拋棄的一顆花紋海豚頭骨。先把腐肉割除,再放到大鐵鍋裡煮,腐臭味瀰漫整個港區。

十點多,天上陰霾裂出微陽,雨點收束,陽光亮點熾熾閃閃浮上海面。海上彷彿傳來召喚的聲音。七個人匆匆登船,合力解

纜邁浪衝出港岬。

　　一道墨藍潮水逼壓颱風濁浪，近岸劃出海面一道黑白分明的交界線。出航不到十分鐘，船隻就已泊進深色潮水裡。船長唸了一句：「南流緊強！」船長這句話意謂著海象已經改變——前幾天盡是颳著強勁的「苦流」（由北向南的洋流）——心頭一陣振奮，這將會是個黑白分明的一天。

　　果然，沒多久就遇上了一大群花紋海豚。牠們陪在船舷邊久久一段時間，像是終於擺脫了颱風浪的糾纏而忘情地在船邊翻跳，惹動了全船許久不見的尖叫歡呼。

　　午后，船隻泊在石梯坪外煮食中餐。黑色潮浪軒昂不息，兩隻水薙鳥低翅飛向外海；北風漸起，灰雲低空盤聚，黑色潮水如兵敗退縮，一下子就退卻到遠遠外海把船隻遺棄在淺色濁浪裡。這不是好現象，黑潮泛外表示魚隻都將沉伏；灰雲集結可能會有風暴。港口又近距離張著大嘴，像是在招攬我們回航。

　　吃過飯，船長下巴甩向港嘴問：「怎樣？」

　　所有條件都指示我們應該返航，但是，不甘心罷手！對南方海域的期待好不容易等到今天才綻露曙光，我難得那樣肯定，也不徵詢船上其他人意見，直直說出：「刺外駛出去，流界邊巡一趟再回去！」

　　船隻筆直朝外。越過潮界線後，船頭打南偏外。全船似在期待什麼似的靜默無聲。

　　才駛了一陣，船長毫無徵兆地猛然將船隻迴轉朝北。不曉得船長在想什麼，這個迴轉毫無道理。

　　轉頭上風不久，船長就喊了：「啊——噴水咧——很高！」手臂直挺挺伸指船前。

　　我和土匪站在船尖鏢台，揚頭看到正前方大約五百公尺外一束水霧接續昂起，……隱約一根黑挺挺背鰭劃出水面。

「是大型的、大型的……」後背塔台上傳來一陣急促的呼喊。

引擎催緊，擂擂如急鼓敲打。

如海面一朵綻放的黑色花朵，一扇尾鰭高高盛開。

確定是大型鯨！是大型鯨！船上一陣陣呼嚷，我感覺到手指和腿骨都在顫抖，那是摻揉著興奮、惶恐……如山峰谷底樣的失控情緒——我們終於遇見大型鯨；終於處在懸崖邊緣。

我感到血脈上衝、筋絡拉拔扯緊，就這急速決定泊近的短短距離，如果牠隱沒消失，我們都將摔落谷底。

7

七月中旬，我們在鹽寮海域有過類似的經驗。那天，遠遠看到兩堆背峰浮在海面，那是龐碩的背脊。

船隻轉向偏進，驚喊聲都還包裹在胸腔裡來不及衝出喉頭，牠們毫無預警地陡然消失，如海市蜃樓幻滅無蹤。

船隻在海面楞了半個小時，如跌落谷底，久久掙不上來。

8

船聲、喊嚷聲直如破雷，如累藏的巨大能量崩潰決堤般洶湧傾洩。

牠跳出水面，肚腹朝向我們彎腰全身躍出！

距離還遠，這一跳太過唐突，無論眼睛、鏡頭或是心情都還來不及抓住牠拔水躍起的影像。牠已爆炸樣摔落大盆水花。但是，足夠了，那亮麗勁猛的一道弧線，那黑白分明的肚腹……如針尖點在心頭。

我們傻住、楞住，如何也不敢期待這短短兩個月的計畫中能夠看到牠；不敢奢望首次遭遇的大型鯨竟然會是牠！

身材高大的土匪在我身後氣喘吁吁反覆叨唸：「虎鯨！是虎鯨……」的確是俗稱「殺人鯨」的虎鯨！

從日據年代台灣捕鯨時期曾留下的虎鯨死體檔案照片到今天，沒有任何牠們曾經在台灣海域出現的生態紀錄。

船頭浪花切切迎風翻飛，鏢台起伏搖擺著夢一樣的節奏。辨認是虎鯨後的過度真實反而拉開了真實，越來越近的虎鯨竟撲朔迷離成黑白模糊的夢境。

我不敢肯定這是奇蹟，不敢肯定不遠船前的是與台灣島嶼曠世久違的虎鯨。

那是一群虎鯨！在近切的距離中，我們逐次算出共有六根背鰭掄出海面。

大約三十公尺距離，船長將船隻停下來不敢冒進。我們沒有把握，再靠過去牠們會如何反應？

潛水離去？抑或群體攻擊船隻？曾經讀過一本資料上說，才二、三十年前，牠們還被形容為「只要一有機會便會攻擊人類」、「是地球上最大的食人動物」……虎鯨成體大約九公尺長，體重可達十噸，幾乎和工作船等長、等重，牠的游速可以高達每小時六十四公里，食性兇殘，食量驚人，會吃食其他哺乳動物。牠一次能吃食十三隻海豚、十三隻海豹，甚至體型比牠們大的鬚鯨也是牠們獵食的對象。

牠們是海洋裡的獅虎；是海上的霸王！

牠們發現船隻了！那龐碩的身軀迴轉扭動衝向我們泊止的船隻！

沒有絲毫遲疑，沒有任何顧忌，牠們整群衝了過來！

牠們和船尖頭對頭快速迫近。我站在船尖鏢台上，眼愣愣盯著那隻帶頭衝刺的虎鯨游過腳下，眼看著就要撞擊船頭。

9

事後，船長說，那一瞬間他真的嚇了一跳，他以為殺人鯨要來撞船。整個過程的錄影帶，也在那一剎那陡然上仰，出現天空的混亂畫面，那是攝影師受到驚嚇忙著要扳牢塔台欄杆的結果。

10

虎鯨衝到幾乎要和船尖親吻的距離，倏地側身迴旋。那是高超的泳技和高尚的態度。牠垂下尾鰭，把頭部露出水面，牠沒有碰到船尖，連輕輕觸碰一下也沒有。

牠臉頰偎著船尖牆板，如老朋友相見般親暱地和船隻擁抱擦頰。

那顯然是牠們表達親善禮儀的方式，沒有絲毫矜持、直接又大方地表露出海上相遇的溫暖感情。

過去遭遇的其他種鯨豚，總要歷經試探、確認的過程後才肯以這樣近切的距離和我們接觸。虎鯨豪爽地省略了觀望的過程，不計後果地、直刺刺地和我們相擁相會。

有幾隻順著船舷擦身游向船尾；有一隻潛下船底斜身穿越船下；碟子般大的圓圓鼻孔大聲地噴起高昂的水霧。虎鯨這樣坦率的行動，讓我們都失了魂，無意識地呼喊，分不清是激情、感動，是夢裡的恍惚，還是承受不住盛情的呢喃。

喊叫聲漸濁沙啞、漸漸哽咽……

我聽到站在身後的土匪，從不停的喊叫、狂嘯……而變做嚎啕的哭泣聲。我回頭看他半跪扶著鏢台鐵圈低頭嚎哭。就在我們腳下，一頭虎鯨側翻，用牠好奇的眼睛斜看著我們。

我拍了拍土匪的肩膀，才驚覺到自己噙在眼裡的淚水，我能理解他嚎哭的原因，我相信船上還有其他人眼眶濕濡。

那突如其來駭人的龐大身軀、那爽直親善的友誼……我們狹

窄的心胸，如何也容納不下這般驟起陡落的激盪，除了眼淚，人體大概再也沒有其他器官足以吐露胸腔內橫溢的感觸。

牠們是五隻成鯨和一隻仔鯨組成的鯨群。仔鯨如影隨形親暱地游在媽媽身旁，那是一幅天倫畫面，牠們在偌大的海洋裡幸福地擁有彼此。

資料上說，虎鯨和其他群居動物不同，無論旅行、獵食、休息和玩耍，牠們都在一起，而且終生不渝。

牠們一直跟著船，沒有離開的意思。船隻緩緩直線航進，牠們就在船邊、船下圈繞穿梭。牠們眼上的大塊白色圓斑，使牠們看起來始終帶著和善的微笑，我們早已忘了「殺人鯨」這個人類穿鑿附會而牠們無辜背負的惡名，事實上，並沒有一樁牠們攻擊或是殺害人類的紀錄曾經發生。

我們船上七個人都能指證，這一場接觸過程中，牠們和船隻、我們之間沒有間隔距離，以牠們的能力，要把我們擝到船下並不困難，整個接觸過程中，牠們不曾稍稍顯露任何惡意。

反而，是我們曾經疑懼、曾經誤解善意、曾經躑躅不敢真情表露友誼。

這份人類的沉重和遲疑，早已被那直驅而來懷抱著童心的虎鯨輕輕瓦解、鬆綁……一股說不出的愉快壅塞在心頭，那是四十歲年紀的我這輩子不曾有過的感覺。

我們俯趴在右舷板上，盡力伸長了手臂想和牠如布丁果凍般顫搖的背鰭握手。牠高大的背鰭昂立切水潛入船底。我們一起奔向左舷，伸手迎接牠淋水劃出左舷的鰭尖。船長在塔台駕駛座上高喊：「不要這樣左跑右跑，船隻會失去平衡！」

此情此景，我們的情懷早已傾洩入海失去了平衡。沒人理會船長的警告。

11

大約四十分鐘後，牠們結伴離去。船隻催促跟上。

竟然那麼意外地，牠們像是曉得我們還想繼續與牠們接觸、交往的貪婪，牠們還是同樣大方爽朗，並不計較不久前才表露過的親善禮儀。再一次，牠們親暱地貼近船舷。

牠們在舷邊倒翻肚腹，大片雪白肚子赤裸裸袒露在我們眼裡，長卵形大扇胸鰭優雅地緩緩拍水。

像是應觀眾要求，每番牠們落幕離去，都會因我們的喝采、追隨，而返頭回到舞台再為我們表演一段。而且是那麼有耐心、那麼不厭其煩地一而再、再而三地賣力演出。

牠們高高舉起尾鰭，似在表演水中倒立特技；牠們拍打尾鰭，正著拍，仰倒著拍，拍出巨大掌聲樣的盡興水花；也曾交錯湧疊，如在表演水中疊羅漢；有一次高速側衝船舷，就在幾乎碰撞尖叫的剎那，又敏捷地側翻，如流星一樣劃一道弧線拋射離去……牠們是一群舞者，在這遼闊的舞台為我們表演海上芭蕾。也只有海洋這樣的舞台，才容得下牠們盡情盡興的演出。

有一次，牠們快速離去，船隻用了最大馬力仍然無法追隨，船長著急的喊著：「完了，完了，牠們走了！」

就在牠們高速湧去的前方，一大群，至少三、四百隻的弗氏海豚急躁倉皇地躍出海面。

虎鯨在獵食。碰到這群沒有天敵的海洋之王——虎鯨，弗氏海豚不得不惶亂地奔竄逃命。

追獵過後，虎鯨群又回到船邊，像是在和我們戲耍似的高高吐氣。鏡頭溼了、褲腳溼了……霧氣沖噴到我臉上，除了友誼的芬芳，我聞不出牠們剛剛追獵的血腥殘暴。

12

牠們走了。決定離開的時刻到了，牠們說走就走，如精靈一樣，翻身不見了踪影。

船隻躊躇地轉了幾圈，茫茫海上再也看不到牠們的痕跡。

整整兩個小時的接觸，我感覺到牠們握住了我的心，即使牠們遠遠離去，我也感覺和牠們之間已經絲線牽連，終生不渝。那黑白分明不會褪色的溫潤感覺，如一塊璞玉埋入心底。

13

那晚，我們抱成一團，我知道有人誠摯地哭了，我也知道，那六頭精靈樣的虎鯨也和我們緊緊抱在一起。

14

之後，小組成員有人提議把工作船漆成黑、白兩色；每次出海我經常錯覺船舷邊有牠們黑白分明的身影，我漸漸喜歡上黑白兩色的衣服……牠們印在心底，無法抹滅的清明與黑白。

15

收到土匪寫給大家的一封信 ——

……即使如今已遠遠離開，我的心思還似懸在船上伴隨你們出海。我努力回想當日的景象，但總是覺得缺少什麼似的無法重臨現場。也許只有當我們再次相聚，才能召喚出腦中的全部記憶；而要完整結構出同樣的情緒，則必定要那六頭溫柔的黑白天使再次出現……

16

計畫結束後，回到擾攘的城市，再度面對人事的混濁和黑白

模糊的是非。

想念海洋，想念那六頭黑白分明的虎鯨。

——選自《鯨生鯨世》，臺中：晨星，2012 年

•問題與討論

1.什麼是海洋文學？

2.海洋與我們生活、生存的關係。

3.了解海洋並珍惜愛護海洋的重要意義。

4.請以「海洋與我的關係」為題，試寫短文一則。

•延伸閱讀

1.廖鴻基，《討海人》、《鯨生鯨世》。

2.廖鴻基，〈出航〉。

3.夏曼·藍波安，《大海浮夢》。

（蔡舜寧　編撰）

小水滴遊高屏溪

曾貴海

·作者題解

　　曾貴海（1946-　），屏東縣佳冬鄉人，高雄醫學院醫學系畢業。行醫之際，曾貴海亦致力於臺灣本土文學運動與生態保護，曾為高屏溪自然生態環境維護，與衛武營自然公園成立而奔走。其作品內容多為純文學創作、族群互動、環境保護、社會運動、客家鄉土等，著有《留下一片森林》、《被喚醒的河流》、《山海風情：思想起的故鄉攝影詩文專輯》。

　　此文藉由小水滴遊高屏溪，描述人類對自然環境造成的汙染。從位於加州的小水滴經由信風形成的洋流來到高屏溪上游，沿途欣賞臺灣高山帶自然景觀、特有種動植物。河岸所養育的原住民族、河洛人、客家人、外省人與大陳人，稱其為族群共和溪。河川進入平地來到都市化農村後，大量農業工業廢水注入，造成高屏溪高度汙染，以及政府與民間對於高屏溪整治的努力。作者以小水滴可愛的口吻，介紹高屏溪上游的山清水秀，強調族群共融，並喚醒人們對環保的重視。

·課　文

　　海的大家庭不像人類社會，將土地瓜分成一百多個國家，常常為了爭奪疆界而戰爭。海水真是四海一家，海洋中有許多洋流像血液般循環著地球的表面，以一定的途徑流動，並翻滾著海洋的食物鏈及魚群，像聖誕老人把海洋資源定期帶向世界各地。台灣的黑潮不就是在冬季把烏魚帶給台灣，成為移民與貿易的一種

歷史誘因嗎？

　　信風把加利福尼亞洋流、北赤道洋流、黑潮及北太平洋洋流吹成一個循環圈。加利福尼亞小水滴本來是加州海邊的一滴海水，因為好奇，聽說海流將有一次亞洲之旅，最主要的旅站是南台灣的高屏溪。廣告文宣上提醒水滴們：如果現在不去，亞洲有些國家的河流將成為斷河，像中國的長江、黃河和台灣的濁水溪、高屏溪，以後可能沒有機會去那裡觀光。

　　那年初夏，加利福尼亞小水滴終於隨海洋旅行團東遊，經過北赤道洋流後隨黑潮到達台灣海峽。

　　小水滴和同伴們拚命往上浮，被陽光蒸發成更小的水滴，與遊伴們搭上海峽上空的浮雲，在天空中飄浮了幾天，才被西南季風吹往陸地上空。首先映入眼簾的是一大片平原，那片平原在地理上原本處於馬緯度無風帶，應該是淒涼旱地，但眼前看到是卻是閃爍著金色陽光的綠色版圖。小水滴一直以為加州是世界上最美麗的地方，但他看到台灣島國時不得不驚嘆，導遊告訴他們台灣五分之三的土地被高山覆蓋，三千公尺以上的高山共有二百六十多座，每座山都是隔離的生態家庭和水源庫，這就是台灣成為綠色世界的原因。而且，從山頂到平原不到四千公尺的落差就有四千多種植物，平均不到一公尺有一種以上的植物，這是大自然鍾愛台灣的恩賜。

　　小水滴隨雲堆飄盪，他看到山上佈滿繁複的林相和花草樹木。高山上有台灣冷松、鐵杉、玉山圓柏和滿山的杜鵑，讓他看得傻眼。忽然間，雲堆碰上一座巨大的樹林，那就是台灣紅檜和扁柏組成的高山霧林帶。小水滴和遊伴們沾上了扁柏的葉片慢慢循著樹身流下，他也聽到森林下面的細流和地下水流的腳步聲，終於踏上高屏溪之旅的第一站。小水滴和遊伴們游進森林社會含水層四通八達的水路密道，那裡有許多泥土、樹根、藻菌和生

物，他們親切的歡迎小水滴並帶他四處參觀這個亞熱帶森林的地底世界。小水滴在那兒玩了幾天才流向一條細小的涓流。一路上，他靜靜的欣賞挺拔優雅的巨木，森林裡的飛鳥和美麗的花草。導遊說不久將經過一段隧道，說著說著，眼前一暗，小水滴已經進入地下水的航道，潛行在黑暗中，無限寧靜地流了一段時間後，突然轟然大響衝出岩隙，形成水花四濺的瀑布，從幾十公尺的高處往下面的水潭激射，摔得頭昏眼花，終於穿過森林走向人類社會。

導遊告訴團員們盡量欣賞美麗的上游，往後還有一段艱辛的路要走。從四面八方匯集而來的小水滴們一路上互相交換上游旅程的經驗，小水滴才瞭解這條河流大約長一百七十多公里，是全台灣最大流量與流域面積的河流。這條河共匯集了四條主要支流，包括楠梓仙溪、荖濃溪、濁口溪和隘寮溪。楠梓仙溪和荖濃溪從玉山傾流而下，濁口溪則從較低的卑南山及出雲山流來，而隘寮溪發源於遙拜山和大武山，這些山都是台灣原住民的聖山和傳說中神的家鄉，許多原住民的祭典及歌謠虔誠的歌頌森林之神的偉大與恩典。上游住有南鄒和布農，魯凱和排灣則散佈濁口及隘寮溪。其中還有一種目前已從台灣消失的平埔族，他們的後代現在遺落在旗山附近，被漢人溶化掉了。下游則住滿了後來移民自中國的河洛人、客家人、外省人、大陳人。這條河流養了這麼多不同族群的人，才被稱為屏東平原的母親之河，又叫族群共和溪。

上游的原住民們幾千年來都是河流的好朋友，他們從小到老與河流相敬如賓，他們親近河流，偶而會到河裡捉魚，卻很少放毒捉魚，不像平地人，一天到晚毒魚電魚。原住民也敬畏河流，他們常常告訴孩子們說：「河流走過的地方，以後還會再來。」有時候，雨下得太大，河流真的往原住民的村落沖過去，因此他

們不敢隨便佔領河流走過的道路，不像漢移民，拼命砍伐高山森林，種植高冷蔬菜，上山時猶如蝗蟲過境，下山時垃圾留滿地，漢人永遠不會明白原住民們幾千年來與河一家的生存方式與道理。

　　這些原住民都是歌唱家和藝術家，特別是魯凱族和排灣族。他們的木雕藝術絕美，也很愛把自己裝飾成八色鳥的模樣。他們是台灣人種中仍然保有原始真誠的族群。小水滴還看到了許多特有種的高山花朵，像台灣百合從高山上像希望的白喇叭一路盛開到平原。一葉蘭則孤絕冷傲地生長在霧林雲海中的濕冷岩壁，其他如玉山杜鵑，玉山薄雪草和玉山石竹等，這些花木都在六月開始綻放，這次旅途正好碰上花季。小水滴最感動的是看到山坡上玉山杜鵑綻開的整片花海，構成台灣山與花的大自然樂章。

　　小水滴也碰到一些在加州河流沒有看過的魚類，像高山鯝魚、馬口魚、台灣石斑魚等，這條溪住有六十八種魚類，一百二十八種鳥，但他非常遺憾看不到聞名全球的帝雉。

　　小水滴沿著濃溪這條支流下來，經過高雄縣的桃源鄉後，很快地流向下游的都市化農村，開始了導遊所謂的苦難之路。小水滴到達旗山美濃時，首先聞到一股腥臭，導遊說那是人畜的屎尿，這是海洋世界沒有的愈往下游，河水也逐漸灰濁，胸口開始窒悶，旅伴們大都呈現輕微缺氧。四大支流在嶺口會合成一條大河。過了嶺口，除了屎尿味外，也聞到一些化學酸鹼的惡味，聽說是兩岸化學工廠排放的。小水滴開始些微中毒，心中直喊快點快點，快到出海口。在昏沉狀態中，突然撞上一片蘭花瓣，花朵的幽香泌出了這片土地特有的香氣，小水滴精神一振，爬上花瓣一齊往下游，原來那是一葉蘭的花瓣，小水滴慶幸坐上這艘諾亞方舟。其實這只是苦難的開始，再往下游，污染物充滿河川，小水滴沾滿全身，奇癢無比。有些可能是致癌物質，是一些工廠委

託偷採砂石的人在盜採砂石後埋入河床的凹坑內，然後慢慢的滲進河水，前陣子美濃附近的河床不是發現了三千多桶化學廢棄物嗎？

小水滴在花瓣上載沉載浮的衝往出海口，要不是一葉蘭的香氣，早已休克昏迷。他迷迷糊糊地看到有人埋暗管排放毒水，把廢水打入地下，有人不分晝夜地挖採砂石，甚至挖到六公尺下面的黏土層，使河床裸露出來，也有幾座綿延近一公里的垃圾河岸。反正人類不想要的或用過的，不管有毒或無毒，都往河裡丟。小水滴想不通，生長在這條河流上游的人類跟下游的人為什麼有這麼大的差別。

下游的人難道沒有組成所謂的「政府」和社會嗎？為什麼允許人類公民做出這種行為？小水滴恍恍惚惚地拚命向前游，腦海中簡直不敢想像這裡的人民品質和內在心靈到底出了什麼差錯，他們和政府都是共犯嗎？

小水滴在下游發現了一個令人驚奇的現象，下游的魚類變得很少，只看到兩種強勢魚叫吳郭魚和溪哥。在高屏大橋的迴流處，河面長滿了布袋蓮，幾十隻紅嘴的吳郭魚每隔幾分鐘就一齊竄上來，在水面上猛吸幾口氣，然後迅速下沉，一直重覆同樣的動作，原來是水中氧氣稀薄，只好用這種方式生存。

有一天下午，小水滴看到河床上有一群人手中拿著相機和紙筆，後面跟著一些記者和學者，他們正在紀錄高屏溪的生命象徵。這一群人聽說是什麼保護高屏溪綠色聯盟、美濃愛鄉協進會、鳥會和濕地保護聯盟的生態保育成員：六年來他們一直呼籲復活高屏溪，要求政府和人民停止迫害奄奄一息的河川。這些人還拍攝紀錄片、出書，並邀集官員民代到河流懺悔，也開過不止百次的會議，現在他們還在喊著關懷著，但高屏溪仍然躺在污染與破壞的加護河床內。

　　加利福尼亞小水滴衝到出海口碰到海水時，慶幸自己逃過一劫，他深深地感謝上帝和一葉蘭，但一葉蘭花瓣卻被污染成黑色，經不起污濁凡界的摧殘枯萎死去。淨潔的靈魂真不容易在這兒生存，這個下游社會應該怎麼辦？

　　這次旅遊的代價太大了，幸好已經回到大海，馬上就要順著黑潮，轉搭北太平洋洋流回到加利福尼亞海邊，他默默地注視著死去的一葉蘭，那瓣台灣土地聖潔的花魂，願您安息！

　　小水滴想著，地球上任何地方的土地和河流本來都是美麗清淨的，會變成污穢醜陋都是主宰地球的人類所造成，他們的異常行為與價值觀，必定逃不過佛教輪迴思想的因緣果報。土地與海洋本是一家，當土地不再接受海洋的滋潤，河川將乾枯，田原將荒蕪。小水滴祈望從現在開始，人們不要再談理論和開支票，真正去愛這條河流，禁止所有污染的東西進入河川，也不要讓可怕的下游人種進入河川，使河川生養休息十年，否則這裡的人類只有繼續蓋水庫，阻斷水滴們回到大海懷抱的路，使河川成為斷流，大地上草木不生花不開而鳥飛絕。

　　小水滴祈望不要把破敗的未來交給後代子孫，讓子孫們詛咒我們的自私與殘酷。願全人類的子孫出生時能夠擁有仍然美麗的世界，一張開眼睛就會感謝祖先的恩澤和生命的喜悅。

一九九九年・一月

　　——選自《留下一片森林：從衛武營公園到高屏溪再生的綠色行動反思》，臺中：晨星，2001 年

・問題與討論

1.政府與民間團體採取哪些措施來整治高屏溪？

2.請陳述高屏溪的源頭與流經的地方，並說明高屏溪對我們生活的重要性。

3.請至高屏溪沿岸做田野調查，並將過程與心得寫成一篇報導文學。

•延伸閱讀

1.齊柏林，《看見臺灣》（電影）。

2.吳明益主編，《臺灣自然寫作選》。

（蔡舜寧　編撰）

斯文豪氏蛙

凌拂

・作者題解

　　凌拂（1952-　），原名凌俊嫻，1983年輔仁中文系畢業，2002年起專事寫作，作品以自然書寫類散文及兒童文學為主。曾獲第十七屆時報文學獎散文第二名、第十八屆時報文學獎報導文學評審獎、年度最佳童書獎等。著有散文《食野之苹：臺灣野菜圖譜》、《與荒野相遇》、《山童歲月》，童書《木棉樹的噴嚏》、《有一棵植物叫龍葵》等。

　　本文選自《與荒野相遇》，描述作者十年的山居歲月中，偶然間家中來了一隻斯文豪氏蛙，與之成為室友的一段奇緣。凌拂認為她並不能算是自然觀察者，她說：「我其實感知的是一種生活，一種與自然徹底相容的生活，如泥與水相拌，每一時的鼻息耳目都浸潤在自然裡。霜風雪雨皆是心情，鳥獸蟲魚盡是點滴，寫的全是我深入與遠離的情境。」

・課　文

　　山上，一入夜就變得死寂了。點起燈盞，闔上窗帘，伏在桌上或讀書或寫字，就全看自己高興了。

　　山夜深而且黑，窗外是寂靜、空曠的世界，寧靜而樸素的夜晚，除非想啜一片冰涼的月光，或者飲一飲清涼的野風；有時也怕在暗裡，不慎踩到出外貪涼的遊蛇，因此多半是不出門了。

　　臨窗伏在案頭，總覺有事。只隔一道玻璃，鳥鳴不斷。荒山的夜，當然不可能有鳥兒在這個時候叫得起勁，依鳴聲和常理推

測，那麼當是蛙類了。叫得似鳥一般的蛙類，又應當是斯文豪氏蛙了。斯文豪氏蛙隱密、害羞，不易被發現，喜歡棲息在溪谷、山澗或小瀑布等水邊。白天單獨躲在岩穴或洞中鳴叫；晚上單獨出現在洞口或溪石悄然覓食。至於為什麼會出現在我的居所附近，也可以推測因由吧。光點在全黑的山裡，引來各種蟲豸[1]飛蛾，食物的誘引是重要的因素了。

每天一入夜，就聽到鳴聲悠悠，斯文豪氏蛙叫得像鳥一般，輕輕細細，像一隻瘦質娉婷的鶯亞科或繡眼科的鳥類。那感覺就在窗邊，我在屋裡，牠在屋外，我仔細聽著牠的聲音，隔著玻璃牠也知道另一頭的我嗎？認識和了解另一種生物是應該的，所有的生命都應該了解和尊重中共同展現，是我，就希望有一張桌子，安靜的讓我讀書寫字；是牠，就希望有一片無慮的空間，自在的讓牠棲止跳躍；我們隔窗而據，每天一入夜，點起燈盞，牠的鳴聲就在窗邊伴著我讀書、寫字。

因為期待牠的聲音，所以就這樣隱密的保持著現狀，不敢相擾。有一天晚上八時許，出外晾衣服，啊，果然看到牠，小小巧巧，靜謐的臥在窗臺上享受山夜。背部是草色的綠，體側夾褐，前後肢微帶斑紋，青蛙王子果真在我窗臺上蟄伏著。我輕輕離開，回去坐在窗戶的另一邊，如果給個特寫，玻璃這頭和玻璃那頭，山居的生活又多一重美麗的經驗。

後來，不意在白日裡和牠相見，一早牠急急隱入窗下掩蔽，我掀開雜物，牠就伏在當中。細細看牠一眼，牠的溫度永遠比暑熱低涼，輕輕蓋上讓牠重回原處，空間轉暗，暗處或許也象徵一分安全。

住在山上周遭生物不斷，昆蟲兩棲之屬常在身邊，長腳赤蛙

---

[1] 豸：豸（ㄓˋ；zhi⁴）。爬蟲類的總稱。

就常在我的室內左跳右跳，一時半時的成了共存的室友；牠遠遠潛在我腳下一隅，研判我的行止，而後決定自己的動向。又有時我在門外看書，屋邊橫出一枝野薑花，葉上臥著一隻小小的翠綠的中國雨蛙，白日裡埋伏在蔭處，一伏半天動也不動一下，一點也不吵，就這樣我看書牠靜伏，那種感覺，天下的靜都清素簡淨的印在心底了，心靈的細節，那是最深的感應了。

有一日晌午，屋後亂草叢，一枝橫掃到窗上的割芒，上面臥著一隻日本樹蛙，陽光淡影斜斜錯落，我看了內裡會心，非常喜悅生活中出其不意的喜悅，蛙類蟲豸之屬，我高興生活在這樣一個充滿了蹤跡遊絲的所在。

後來上課時，竟在教室裡發現了一隻斯文豪氏蛙，體型略大，全身褐色而具有綠色斑紋。小朋友看了，高興的圍繞著牠，牠奮勇跳躍三、兩下衝出室外縱入花圃。小孩的尖叫聲歡悅魔幻像面對一則傳奇。斯文豪氏蛙住進了長滿腎蕨的花圃中，細枝亂籬，是一個安全的、適合牠的所在。

然而小朋友戀戀不忘，接連幾天都在花圃裡尋牠出來。捧在手裡撫撫弄弄，然後又讓牠回到花圃裡去。軼事和傳奇，一個小花圃裡也延伸出許多故事。小孩翻著翠葉，灑著細水，塞一小片水果，這情況，也或許斯文豪氏蛙一點興趣也沒有，但是小孩的心意是到了，只差綠葉上沒有附上一行小字，寫著：我們都是一群喜歡你的小孩。

斯文豪氏蛙會長久住在小花圃裡嗎？暑假來臨，換來惦記的是我，小孩暫時離開學校，斯文豪氏蛙也會隨著消失了蹤影嗎？斯文豪氏蛙會是小孩的寵物，小孩也會是斯文豪氏蛙信賴的朋友嗎？山裡的一則傳奇如是在風中懸盪著。

——選自《與荒野相遇》，臺北：聯合文學，1999 年

•問題與討論

1.你曾經觀察過某種動物嗎？說說你觀察的過程與心得。

2.上網搜尋一種臺灣蛙類，並說明牠的特色。

3.請以「我的野外踏查記」為題，試寫短文一則。

•延伸閱讀

1.吳明益，《蝶道》。

2.凌拂，《食野之苹：臺灣野菜圖譜》。

（蔡舜寧　編撰）

天　論

荀子

•作者題解

　　荀子（BC 316-BC 237），戰國趙人，名況。是思想家，也是教育家，被尊稱爲荀卿，又稱孫卿。五十歲遊齊，由於年紀與德行具尊，三爲祭酒。一生雖滿腹經綸，卻不遇於世，以致他的學說在當時沒有受到重視，因此著書講學以至終老。

　　荀子是儒家的重要繼承人，下啓韓非、李斯等法家思想者，同時也是形成思想重要流派的引領者。他所主張的性惡說，與孟子的性善說，有著同源而分流之功，成爲後世討論人性論的主要依據，亦爲後世學術論列的焦點，對於儒、法兩家學說與教育理論有重要的貢獻，其中對「天」的詮釋，尤其值得省思。

　　本文共節錄原文中的三大段，其篇旨在傳示自然與人的關係，自然中的一切現象，都是自然而然。人類只能經由對自然的認識，善加利用自然，創造有利人類生存的條件。其目的在於不要將人類的不幸歸咎於自然，才是對天的眞正了解。其實，他也是論述自然界的運行與變化的先驅，他認爲「天」皆有其客觀的規律，這個客觀規律是自然而然，與人事的作爲沒有直接關係。因此，人的禍福吉凶是人類自己創造的。這種否定迷信，自我承擔對錯然否的科學精神，且提倡利用知識改善物種，造福人類，用之於現代社會，時至今日，還是進步的思想。

·課文

節錄一

　　天行有常[1]，不為堯存，不為桀亡。應之以治則吉，應之以亂則凶。彊本[2]而節用，則天不能貧；養備而動時，則天不能病；脩道而不貳[3]，則天不能禍。故水旱不能使之飢，寒暑不能使之疾，祆怪[4]不能使之凶。本荒而用侈，則天不能使之富；養略而動罕，則天不能使之全；倍[5]道而妄行，則天不能使之吉。故水旱未至而飢，寒暑未薄[6]而疾，祆怪未至而凶，受時與治世同，而殃禍與治世異，不可以怨天，其道然也。故明於天人之分，則可謂至人矣。不為而成，不求而得，夫是之謂天職[7]。如是者，雖深其人不加慮焉，雖大不加能焉，雖精不加察焉，夫是之謂不與天爭職。天有其時，地有其財，人有其治，夫是之謂能參[8]。舍其所以參，而願其所參，則惑矣。

　　列星隨旋，日月遞炤[9]，四時代御，陰陽大化，風雨博施，萬物各得其和以生，各得其養以成，不見其事，而見其功，夫是之謂神。皆知其所以成，莫知其無形，夫是之謂天功。唯聖人為不求知天。天職既立，天功既成，形具而神生，好惡喜怒哀樂臧[10]

---

[1] 天行有常：自然的運行。
[2] 彊本：國之根本，指的是農業生產。
[3] 貳：同「忒」，意思是差錯。
[4] 祆怪：指的自然的怪現象。
[5] 倍：同「背」，違背。
[6] 薄：近也。
[7] 天職：自然的天職。楊倞注：「不為而成，不求而得，四時行焉，百物生焉，天之職任如此。」
[8] 參：人能善用天時與地利，謂之參。
[9] 炤：同「照」。
[10] 臧：同「藏」，蘊藏。

焉，夫是之謂天情。耳目鼻口形能各有接而不相能也，夫是之謂
天官。心居中虛，以治五官，夫是之謂天君。財[11]非其類以養其
類，夫是之謂天養。順其類者謂之福，逆其類者謂之禍，夫是之
謂天政。

節錄二

治亂，天邪？曰：日月星辰瑞曆，是禹桀之所同也，禹以
治，桀以亂，治亂非天也。時邪？曰：繁啓蕃長於春夏，畜積收
藏於秋冬，是禹桀之所同也，禹以治，桀以亂，治亂非時也。地
邪？曰：得地[12]則生，失地則死，是又禹桀之所同也，禹以治，
桀以亂；治亂非地也。詩曰：「天作高山，大王荒[13]之。彼作
矣，文王康之。」此之謂也。

天不為人之惡寒也輟冬，地不為人之惡遼遠也輟廣，君子不
為小人之匈匈[14]也輟行。天有常道矣，地有常數矣，君子有常體
矣。君子道其常，而小人計其功。詩曰：「禮義之不愆，何恤人
之言兮！」此之謂也。

楚王後車千乘，非知[15]也；君子啜菽飲水，非愚也，是節然[16]
也。若夫志意脩，德行厚，知慮明，生於今而志乎古，則是其在
我者也。故君子敬其在己者，而不慕其在天者；小人錯[17]其在己
者，而慕其在天者。君子敬其在己者，而不慕其在天者，是以日
進也；小人錯其在己者，而慕其在天者，是以日退也。故君子之

---

[11] 財：同「裁」，運用、宰制。
[12] 得地：善用土地資源。
[13] 荒：開墾。
[14] 匈匈：議論紛紛。
[15] 知：同「智」。
[16] 節然：剛好碰上了。
[17] 錯：措置。

所以日進，與小人之所以日退，一也。君子小人之所以相縣[18]
者，在此耳。

　　星隊木鳴，國人皆恐。曰：是何也？曰：無何也！是天地之
變，陰陽之化，物之罕至者也。怪之，可也；而畏之，非也。夫
日月之有蝕，風雨之不時，怪星之黨[19]見，是無世而不常有之。
上明而政平，則是雖竝世起，無傷也；上闇而政險，則是雖無一
至者，無益也。夫星之隊[20]，木之鳴，是天地之變，陰陽之化，
物之罕至者也；怪之，可也；而畏之，非也。

　　雩[21]而雨，何也？曰：無何也，猶不雩而雨也。日月食而救
之，天旱而雩，卜筮然後決大事，非以為得求也，以文[22]之也。
故君子以為文，而百姓以為神。以為文則吉，以為神則凶也。

節錄三

　　在天者莫明於日月，在地者莫明於水火，在物者莫明於珠
玉，在人者莫明於禮義。故日月不高，則光暉不赫；水火不積，
則暉潤不博；珠玉不睹乎外，則王公不以為寶；禮義不加於國
家，則功名不白。故人之命在天，國之命在禮。君人者，隆禮尊
賢而王，重法愛民而霸，好利多詐而危，權謀傾覆幽險而盡亡
矣。大天[23]而思之，孰與物畜而制之！從天而頌之，孰與制天命
而用之！望時而待之，孰與應時而使之！因物而多之，孰與騁能
而化之[24]！思物而物之，孰與理物而勿失之也！願於物之所以
生，孰與有物之所以成！故錯人而思天，則失萬物之情。

---

[18] 縣：同「懸」，差距。
[19] 黨：同「倘」。
[20] 隊：同「墜」。
[21] 雩：祈雨的儀式。
[22] 文（ㄨㄣ丶；wen⁴）：紋飾也。
[23] 大天：崇敬天的偉大。
[24] 騁能而化之：善用人類能力改造物類，為人類所用。

·問題與討論

1.你認為地震、颱風……等現象是上天對施政不佳的懲罰嗎？

2.你以為為善為惡可以改變自然的現象嗎？有首歌詞中的「三分天註定，七分靠打拚」，這句話是對的嗎？

3.課堂寫作：我的命運由我做主。

·延伸閱讀

1.梅堯臣，〈鬼火賦〉、〈鬼火後賦〉。

2.歐陽修，〈秋聲賦〉。

（林天祥　編撰）

畫眉鳥

歐陽修

·作者題解

　　歐陽修（1007－1072），字永叔，號醉翁，晚號六一居士，世稱歐陽文忠公，身兼政治家、文學家、史學家和詩人於一身。天聖八年（1030）中進士，先後在中央與地方任職。仁宗時，擢知制誥、翰林學士；英宗時，官至樞密副使、參知政事；神宗朝，遷兵部尚書，以太子少師致仕退隱潁州（今安徽阜陽），次年卒，年六十六，諡文忠。期間力主政治和文學革新，參與范仲淹的慶曆新政，貶知滁州，徙揚州、潁州。由於在政治上有相當的實力，故能於文學改革中發揮實質的影響力，其中所獎掖的知名後進，如三蘇父子及曾鞏、王安石等皆出其門下，在相互激盪下，儼然形成一股風潮，對於宋代文風的形成，貢獻頗大。

　　本詩旨在傳示人與動物都有天然之性，順著天然之性，即是順物之性，順物之性，才能發揮本能，也才能獲得快樂。作者藉由畫眉鳥的遭遇，用以喻人，是詠物詩的精神所在。

　　本詩寫於慶曆七年（1047），作者貶滁州時（今安徽滁州市），因此，此詩有寄寓自身境遇的感慨之情。

·課文

　　百囀千聲隨意移[1]，
　　山花紅紫樹高低。

---

[1] 隨意移：來去自由。

始知鎖向金籠聽[2]，

不及林間自在啼。

‧問題與討論

1.你能利用手機搜尋畫眉鳥的形象，並告訴我們牠的特色嗎？

2.從本詩閱讀中，你所獲得的啟示是什麼？

3.自由與富貴，你會選擇哪一項？

4.課堂寫作：如果我是一隻鳥。

‧延伸閱讀

1.梅堯臣，〈紅鸚鵡賦〉。

2.莊子，〈養生主〉。

（林天祥　編撰）

---

[2] 金籠聽（ㄊㄧㄥˋ；ting⁴）：金籠，華麗的住所。

〈歸園田居〉五首其二

陶淵明

•作者題解

　　陶淵明（365-427），名潛，字元亮，別號五柳先生，諡靖節先生。東晉潯陽柴桑人（今江西九江市）人。曾祖父陶侃，為東晉開國元勛，軍功顯赫，官至大司馬，都督八州軍事，荊、江二州刺史、封長沙郡公。陶淵明自幼閱讀古籍、儒家六經、文史與神話等異書，又深愛莊、老，因次形成豐富的精神學養。在「用世」上，有儒家的「猛志逸四海」的熱望；在「超世」上，有道家「性本愛丘山」的自然熱愛。曾短暫擔任彭澤現令，辭官歸回故里，從此隱居，躬耕自適，後世稱之為「田園詩派」的開創者。其作品有〈歸園田居〉、〈飲酒〉、〈歸去來兮辭〉、〈桃花源記〉、〈五柳先生傳〉、〈讀山海經〉……等。其人品與詩、文真摯而淡遠，對於後世的文士有深遠的影響。

　　〈歸園田居〉是陶淵明「不為五斗米折腰」，棄官歸返田園時所作。詩中描繪田園景緻與一己生活情景，並道出歸返田園的感受與喜悅之情。詩中說：「少無世俗韻，性本愛丘山」，這正是〈歸園田居〉五首的意趣所在。同時也是詩人不同於濁流官場的另一世界，正好映襯陶淵明質性自然，不慕名利的人格情操。

之一

少無適俗韻，性本愛丘山，誤落塵網[1]中，一去十三年。
羈鳥戀舊林，池魚思故淵，開荒南野際，守拙歸園田。
方宅十餘畝，草屋八九間，榆柳蔭後簷，桃李羅堂前。
曖曖[2]遠人村，依依墟里煙，狗吠深巷中，雞鳴桑樹巔。
戶庭無塵雜，虛室有餘閑，久在樊籠[3]裡，復得返自然。

之二

野外罕人事，窮巷寡輪鞅。
白日掩荊扉，虛室絕塵想。
時復墟曲中，披草共來往。
相見無雜言，但道桑麻長。
桑麻日已長，我土日已廣。
常恐死霜霰至，零落同草莽。

・問題與討論

1.如果你是陶淵明，你會不為五斗米折腰嗎？
2.你覺得陶淵明的隱士生活適合現代人嗎？
3.你認為融入自然容易，還是融入社會容易？
4.課堂寫作：假如我是陶淵明。

---

[1] 塵網：世俗名利。
[2] 曖曖：昏暗不明的樣子。
[3] 樊籠：指的是世俗名利的羈絆。

‧延伸閱讀

1.范成大，〈晚春田園雜興十二首〉。

（林天祥　編撰）

回饋學習單

第四單元

通向職場

《史記》貨殖列傳（節錄）／司馬遷

《紅樓夢》 第四十一回　賈寶玉品茶櫳翠庵

　　　　劉姥姥醉臥怡紅院／曹雪芹

梓人傳（節錄）／柳宗元

醫者的許諾／王溢嘉

醫院裡的鳳梨／黃信恩

電視劇濡染下的重口味人生／廖玉蕙

現代的司馬遷——談今日的資料壓縮／陳之藩

附錄：履歷表

　　自傳

　　公文的重要類別、結構及寫作要領

　　「簽」、「函」、「公告」的撰寫要領

　　會議紀錄

單元導讀

　　「通向職場」單元之編寫，主要希望在已培養同學們義理明達、人情練達、口語暢達等基礎上，最後能達到「自我開展」與「職場應用」之通達效用。故除了選文七篇之外，另附有〈「履歷表」與「自傳」寫作要領〉和〈公文；簽、函、公告、會議記錄〉等職場應用文之重點說明。而本單元選文，也以環繞各學院同學較可能感興趣之主題來編錄。其中包括有三篇古文：首先選司馬遷《史記》〈貨殖列傳〉一文，因司馬遷認為商人能適時買進賣出貨物以滋生財富，且致富後亦有助於道德仁義的推展，實為富國裕民之道，值得取法借鑒。其次選曹雪芹《紅樓夢》第四十一回的〈賈寶玉品茶櫳翠庵　劉姥姥醉臥怡紅院〉，主要述及鳳姐向劉姥姥詳述「茄鯗」這道珍饌的精細做法，以及飯後糕點的精緻、泡茶的講究，可見出從茶葉、茶具到泡茶水皆非凡品之飲食文化內涵。再節錄柳宗元〈梓人傳〉中的一段，以古代建築師工作來類比宰相治國之領導管理、善用人才等要義。接下來則為四篇語體文：一為王溢嘉〈醫者的許諾〉，作者由兩位醫界耆宿談起，感嘆今日醫者及宗教家的濟世情操日益低落，故擔憂象徵「人神」的「醫者畫像」，是否還能永留人間成為典範？再者選黃信恩〈醫院裡的鳳梨〉一文，醫生作家以鳳梨為喻，談講求實證的醫師們，對存在醫院間的傳統禁忌之種種矛盾感受。另選廖玉蕙〈電視劇濡染下的重口味人生〉一文，主談今日媒體以重口味的戲劇或新聞餵養觀眾，導致人們形成集體性的思考模式和扭曲的人際應對，令人感到憂心故而提出警訊。最後則選陳之藩〈現代司馬遷——談今日的資料壓縮〉一篇，旨在說明人類文明進步發展後，大量資料的儲存與傳遞，及相關的衍生問題。以上諸篇，願提供未來不同學院及行業的同學們，在邁向職場之時能一通百通，並進一步深思與應用。

（賴慧玲　撰）

《史記》 貨殖列傳(節錄)

司馬遷

●作者題解

司馬遷（BC 145－BC 86），字子長，西漢左馮翊夏陽（今陝西韓城縣）人。十歲，隨父談至長安，談爲太史令，因教從諫議大夫孔安國讀古文書。二十歲，南游江、淮，北涉汶、泗。武帝元朔五年，補博士弟子員，時年二十二。三十四歲，扈從武帝郊雍，至隴西，登崆峒。三十五歲，隨軍西征巴蜀。元封三年六月，繼承父職，任太史令，時年三十八。天漢三年，以遭李陵之禍，下獄論罪，坐以腐刑，時年四十八。以《史記》之屬稿，草創未就，因忍辱以冀其成。及赦天下，遷出獄，而書已粗完。綜計子長作《史記》，凡歷二十寒暑，既開中國正史之創局，亦開後世散文之大源，最爲世所推崇。

趙翼《二十二史記》：「司馬遷參酌古今，發凡起例，創爲全史。本紀以序帝王，世家以記侯國，十表以繫時事，八書以詳制度，列傳以誌人物，然後一代君臣政事，賢否得失，總彙於一編之中，自此例一定，歷代作史者，遂不能出其範圍，信史家之極則也。」

梁啓超《中國歷史研究法補編》：「一個人的性格興趣及其做事的步驟，皆與全部歷史有關。太史公作《史記》，最看重這點。《史記》每一篇列傳，必代表某一方面的重要人物，如孔子世家、孟荀列傳、仲尼弟子列傳代表學術思想界最要的人物，蘇秦、張儀列傳代表造成戰國局面的遊說之士，田單、樂毅列傳代表那時候新貴族的勢力，貨殖列傳代表當時經濟變化，遊俠列傳、刺客列傳代表當時社會上一種特殊風尚。每篇都有深意，大都從全社會著眼，用人物來做一種現象的反影，並不是專替一個人

作起居注。」

　　從趙、梁二人所論，我們可以清楚地了解到太史公創建體例的各項旨趣。而〈貨殖列傳〉乃隸屬《史記》卷一百二十九，列傳第六十九，是《史記》一書的倒數第二卷，最後一卷則是〈太史公自序〉，因此，〈貨殖列傳〉的特殊性，居然可知。列傳中，通過介紹范蠡、子貢、白圭、猗頓、卓氏、程鄭、宛孔氏、師史、任氏等人，而充分反映出當時各項經濟活動的特點，不愧是了解司馬遷經濟思想與物流觀念的重要篇章。

·課　文

　　昔者越王句踐困於會稽之上，乃用范蠡、計然。計然曰：「知鬥[1]則修備[2]，時用則知物[3]，二者形[4]則萬貨之情可得而觀已。故歲在金，穰[5]；水，毀[6]；木，飢；火，旱。旱則資舟，水則資[7]車，物之理也。六歲穰，六歲旱，十二歲一大飢。夫糴，二十[8]病農，九十病[9]末[10]。末病則財不出[11]，農病則草不辟[12]矣。上不過八十，下不減三十，則農末俱利，平糴[13]齊物，關市不乏[14]，治國之

---

[1] 鬥：打鬥，戰爭之意。
[2] 備：武備、戰備。
[3] 物：貨品、貨物。
[4] 形：對照。
[5] 穰：豐收。
[6] 毀：歉收。
[7] 資：儲備。
[8] 二十：二十錢。
[9] 病：損害之意。
[10] 末：指工商業，與本（農）相對。
[11] 財不出：指錢財不能流通。
[12] 草不辟：指田地就會荒蕪。
[13] 糴（ㄊㄧㄠˋ；tiao[4]）：賣糧。
[14] 關市不乏：言市場機制完善。

道也。積著[15]之理，務完物，無息[16]幣。以物相貿易，腐敗而食[17]之貨勿留，無敢居貴。論其有餘不足，則知貴賤。貴上極則反賤，賤下極則反貴。貴出[18]如糞土，賤取[19]如珠玉。財幣欲其行如流水。」修之十年，國富，厚賂戰士，士赴矢石[20]，如渴得飲，遂報[21]彊吳，觀兵中國[22]，稱號「五霸」。

范蠡既雪會稽之恥，乃喟然而嘆曰：「計然之策七，越用其五而得意[23]。既已施於國，吾欲用之家。」乃乘扁舟浮於江湖，變名易姓，適[24]齊為鴟夷子皮，之[25]陶為朱公。朱公以為陶天下之中[26]，諸侯四通，貨物所交易也。乃治產積居。與時逐而不責於人。故善治生者[27]，能擇人而任時。十九年之中三致[28]千金，再分散與貧交[29]疏昆弟[30]。此所謂富好行其德者也。後年衰老而聽[31]子孫，子孫修業而息之[32]，遂至巨萬。故言富者皆稱[33]陶朱公。

---

[15] 積著：囤積。
[16] 完物，無息：謂貨物完好，資金不滯留。
[17] 食：蝕也。
[18] 貴出：逢貴賣出。
[19] 賤取：逢低買進。
[20] 矢石：戰場之意。
[21] 報：報仇。
[22] 觀兵中國：耀武揚威於中原。
[23] 得意：謂實現願望。
[24] 適：之也，往也，到達之意。
[25] 之：適也，往也，到達之意。
[26] 中：指中心地位。
[27] 善治生者：很會經營產業的人。
[28] 致：得到。
[29] 貧交：貧窮的朋友。
[30] 疏昆弟：遠房的同姓兄弟。
[31] 聽：任憑。
[32] 息之：增資發展。
[33] 稱：讚揚。

·問題與討論

1.范蠡謂計然之策有七，你能指出是哪七項嗎？

2.陶朱公致富之道，略不同於計然之策，你能確實點明嗎？

3.太史公的經濟思想以及物流觀念，以現今的企業觀點來看，是否仍具有一定的價值？

·延伸閱讀

1.司馬遷，《史記列傳第七十·太史公自序》。

2.管仲，《管子·牧民》。

3.電視劇，「那年花開月正圓」。

（吳銘宏　編撰）

《紅樓夢》　第四十一回
賈寶玉品茶櫳翠庵　劉姥姥醉臥怡紅院

曹雪芹

・作者題解

　　曹雪芹，名霑，漢軍正白旗人，父頫，祖寅，曾祖璽。曹璽爲第一任江寧織造，清聖祖（康熙）五次南巡，都以江寧織造署爲行宮，後四次都在曹寅任內。

　　曹雪芹約生於雍正元年（1723），卒於乾隆二十七年（1763）。雪芹出生時，祖父曹寅已死，父親曹頫仍舊任職江寧織造。雍正五年（1727），曹頫被免。次年抄家，南京房產均遭沒入，只得遷回北京。曹雪芹寫《紅樓夢》，正在曹家一敗塗地之後，流落北京西郊，住著破房子，過著貧困生活。他善於繪畫，賣畫是他唯一的經濟來源。愛飲酒，鄙視庸俗人物。而氣味相投的朋友，則盡是雍正一朝深受打擊的人，如敦敏、敦誠兩兄弟等。

　　高鶚，字蘭墅，一字蘭史，漢軍鑲黃旗人，乾隆六十年乙卯進士。後由內閣侍讀，考選江南道御史刑科給事中。曾充嘉慶六年辛酉順天鄉試同考官。著有《吏治輯要》、《蘭墅文存》、《蘭墅十藝》等。

　　高鶚元配爲詩人張問陶之妹筠，張筠二十歲即死，無子女。然高鶚有女名儀鳳，字秀芝，能詩，推想是續弦所生。

　　胡適《紅樓夢考證》：「我們總該記得《紅樓夢》開端時，明明的說著：『作者自云曾歷過一番夢幻之後，故將眞事隱去，而借「通靈」說此《石頭記》一書也。……』自己又云：『今風塵碌碌，一事無成，忽念及當日所有之女子，一一細考較去，覺其行止見識皆出我之上。我堂堂鬚眉，誠不若彼裙釵。……當此日，欲將已往所賴天恩祖德，錦衣紈袴之

時，飫甘饜肥之日，背父兄教育之恩，負師友規訓之德，以致今日一技無成半生潦倒之罪，編述一集，以告天下。』這話說的何等明白！《紅樓夢》明明是一部『將真事隱去』的自敘的書。若作者是曹雪芹，那麼，曹雪芹即是《紅樓夢》開端時那個深自懺悔的『我』！即是書裏的甄賈（真假）兩個寶玉的底本！懂得這個道理，便知書中的賈府與甄府都只是曹雪芹家的影子。」

《紅樓夢》一書，確實是曹雪芹的自道心中事，且書中榮、寧二府的興衰，也正是其曹家興衰的映照，無怪乎其故事情節總是感人特深。

《紅樓夢》最初只有八十回，直至乾隆五十六年以後，始有百二十回的《紅樓夢》。八十回以後的四十回，是程偉元歷年雜湊起來的，先得二十餘卷，又在鼓擔上得十餘卷，又經高鶚費了幾個月整理修輯的工夫，方才有這部百二十回本的《紅樓夢》。所以，後人遂認為《紅樓夢》後四十回是高鶚補的。

胡適認為：「高鶚補的四十回，雖然比不上前八十回，也確然有不可埋沒的好處。他寫司棋之死，寫鴛鴦之死，寫妙玉的遭劫，寫鳳姐的死，寫襲人的嫁，都是很有精采的小品文字。最可注意的是這些人都寫作悲劇下場。還有那重要的『木石前盟』一件公案，高鶚居然忍心害理的教黛玉病死，教寶玉出家，作一個大悲劇的結束，打破中國小說的團圓迷信。這一點悲劇的眼光，不能不令人佩服。」

高鶚續作《紅樓夢》後四十回，大約完成於乾隆五十六年（1791年），即曹雪芹死後二十八年。

・課　文

話說劉姥姥兩隻手比著說道：「花兒落了結個大倭瓜。」眾人聽了，哄堂大笑起來。於是吃過門杯，因又湊趣，笑道：「今兒實說罷，我的手腳子粗，又喝了酒，仔細失手打了這磁杯；有木頭的杯取個來，我便失了手，掉了地下，也無礙。」眾人聽了又笑起來。鳳姐兒聽如此說，便忙笑道：「果真要木頭的，我就

取了來，可有一句話先說下，這木頭的可比不得磁的，它都是一套，定要吃遍一套方使得。」劉姥姥聽了，心下道：「我方才不過是趣話取笑兒，誰知它果真竟有，我時常在鄉紳大家也赴過席，金杯銀杯倒都也見過，從沒見過有木頭杯的。哦！是了！想必是小孩子們使的木碗兒，不過詖我多喝兩碗；別管它，橫豎[1]這酒蜜水兒似的，多喝點子也無妨。」想畢，便說：「取來再商量。」鳳姐乃命丰兒：「前面裏間書架子上有十個竹根套杯，取來。」丰兒聽了，才要去取，鴛鴦笑道：「我知道，你那十個杯還小；況且你才說木頭的，這會子又拿了竹根的來，倒不好看。不如把我們那裏的黃楊根子整的十個大套杯拿來，灌他十下子。」鳳姐兒笑道：「更好了。」鴛鴦果命人取來。

　　劉姥姥一看，又驚又喜：驚的是一連十個挨次大小分下來，那大的足足的似個小盆子，極小的還有手裏的杯子兩個大；喜的是雕鏤奇絕，一色山水樹木人物，並有草字以及圖印。因忙說道：「拿了那小的來就是了。」鳳姐兒笑道：「這個杯，沒有這大量的，所以沒人敢使它。姥姥既要，好容易找出來，必定要挨次吃一遍，才使得。」劉姥姥唬的忙道：「這個不敢，好姑奶奶，饒了我罷！」賈母、薛姨媽、王夫人知道他有年紀的人，禁不起，忙笑道：「說是說，笑是笑，不可多吃了，只吃這頭一杯罷。」劉姥姥道：「阿彌陀佛！我還是小杯吃罷，把這大杯收著，我帶了家去，慢慢的吃罷。」說的眾人又笑起來。

　　鴛鴦無法，只得命人滿斟了一大杯，劉姥姥兩手捧著喝。賈母、薛姨媽都道：「慢些，不要嗆了。」薛姨媽又命鳳姐兒佈個菜。鳳姐笑道：「姥姥要吃什麼，說出名兒來，我夾了餵你。」劉姥姥道：「我知道什麼名兒！樣樣都是好的。」賈母笑道：

---

[1] 橫豎：反正。

「把茄鯗[2]夾些餵他。」鳳姐聽說，依言夾些茄鯗，送入劉姥姥口中，因笑道：「你們天天吃茄子，也嚐嚐我們這茄子，弄的來可口不可口。」劉姥姥笑道：「別哄我了，茄子跑出這個味兒了！我們也不用種糧食，只種茄子了。」眾人笑道：「真是茄子，我們再不哄你。」劉姥姥詫異道：「真是茄子？我白吃了半日！姑奶奶再餵我些，這一口細嚼嚼。」鳳姐果又夾了些放入他口內。劉姥姥細嚼了半日，笑道：「雖有一點茄子香，只是還不像是茄子。告訴我是什麼法子弄，我也弄著吃去。」鳳姐兒笑道：「這也不難：你把才下來的茄子，把皮鑢了，只要淨肉，切成碎釘子，用雞油炸了，再用雞肉脯子合香菌、新筍、蘑菇、五香豆腐乾子、各色乾果子，都切成釘兒，拿雞湯餵乾，將香油一收，外加糟油一拌，盛在磁罐子裏，封嚴。要吃時拿出來，用炒的雞爪子一拌，就是了。」劉姥姥聽了，搖頭吐舌說：「我的佛祖！倒得十來隻雞配它，怪道這個味兒！」一面笑，一面慢慢的吃完了酒，還只管細味那杯子。

鳳姐兒笑道：「還是不足興！再吃一杯罷？」劉姥姥忙道：「了不得！那就醉死了！我因為愛這樣兒好看，虧它怎麼做來！」鴛鴦笑道：「酒吃完了，到底這杯子是什麼木頭的？」劉姥姥笑道：「怨不得姑娘不認得：你們在這金門繡戶的，如何認得木頭？我們成日家和樹林子做街坊，睏了枕著它睡，乏了靠著它坐，荒年間餓了還吃它；眼睛裏天天見它，耳朵裏天天聽它，嘴兒裏天天說它。所以好歹真假，我是認得的，讓我認一認。」一面說，一面細細端詳了半日，道：「你們這樣人家沒有那賤東西，那容易得的木頭，你們也不收著了。我掂著這麼體沉，斷乎不是楊木，一定是黃松做的。」眾人聽了，鬨堂大笑起來。

---

2 茄（ㄑㄧㄝˊ；qie[2]）鯗（ㄒㄧㄤˇ；xiang[3]）：茄鯗則是以茄子、雞肉為主，和著各式食材，再加以收乾的美味料理。鯗亦作「鮝」，乾的鹹魚。

　　只見一個婆子走來，請問賈母說：「姑娘們都到了藕香榭，請示下：就演罷，還是再等一回子？」賈母忙笑道：「可是倒忘了他們，就叫他們演罷。」那個婆子答應去了，不一時，只聽得簫管悠揚，笙笛並發。正值風清氣爽之時，那樂聲穿林度水而來，自然使人神怡心曠。寶玉先禁不住，拿起壺來斟了一杯，一口飲盡，復又斟上。才要飲，只見王夫人也要飲，命人換暖酒，寶玉連忙將自己的杯捧了過來，送到王夫人口邊，王夫人便就他手內吃了兩口。一時暖酒來了，寶玉仍歸舊坐。王夫人提了暖壺下席來，眾人都出了席，薛姨媽也站起來，賈母忙命李鳳二人接過壺來：「讓你姑媽坐了，大家才便。」王夫人見如此說，方將壺遞與鳳姐兒，自己歸坐。賈母笑道：「大家吃上兩杯，今日著實有趣。」說著，挈杯讓薛姨媽，又向湘雲、寶釵道：「你姐妹兩個也吃一杯。你林妹妹不大會吃，也別饒他。」說著，自己也乾了。湘雲、寶釵、黛玉也都吃了。

　　當下劉姥姥聽見這般音樂，又且有了酒，越發喜的手舞足蹈起來。寶玉因下席過來，向黛玉笑道：「你瞧劉姥姥的樣子。」黛玉笑道：「當日聖樂一奏，百獸率舞，如今才一牛耳。」眾姐妹都笑了。須臾樂止，薛姨媽笑道：「大家的酒也都有了，且出去散散再坐罷。」賈母也正要散散，於是大家出席，都隨著賈母遊玩。

　　賈母因要帶著劉姥姥散悶，遂攜了劉姥姥至山前樹下，盤桓了半晌，又說與他這是什麼樹，這是什麼石，這是什麼花。劉姥姥一一領會，又向賈母道：「誰知城裏不但人尊貴，連雀兒也是尊貴的。偏這雀兒到了你們這裏，牠也變俊了，也會說話了。」眾人不解，因問：「什麼雀兒變俊了會說話？」劉姥姥道：「那廊上金架子上站的綠毛紅嘴是鸚哥兒，我是認得的。那籠子裏的

黑老鴰子³，又長出鳳頭兒⁴來，也會說話呢！」眾人聽了又都笑將起來。

　　一時只見丫頭們來請用點心，賈母道：「吃了兩杯酒，倒也不餓。也罷，就拿了這裏來，大家隨便吃些罷。」丫頭聽說，便去抬了兩張几來，又端了兩個小捧盒來。揭開看時，每個盒內兩樣。這盒內是兩樣蒸食：一樣是藕粉桂花糖糕，一樣是松瓤⁵鵝油捲。那盒內是兩樣炸的：一樣是只有一寸來大的小餃兒。賈母因問：「什麼餡子？」婆子們忙回：「是螃蟹的。」賈母聽了，皺眉說道：「這回子油膩膩的，誰吃這個！」又看那一樣是奶油炸的各色小麵果，也不喜歡，因讓姨媽吃，薛姨媽只揀了一塊糕；賈母揀了一個捲子，只嚐了一嚐，剩的半個，遞與丫頭了。劉姥姥因見那小麵果子都玲瓏剔透，各式各樣，又揀了一朵牡丹花樣的，笑道：「我們鄉裏最巧的姐兒們，剪子也不能絞出這麼個紙的來！我又愛吃，又捨不得吃，包些家去給他們做花樣子去倒好。」眾人都笑了。賈母笑道：「家去我送你一磁罈子，你先趁熱吃這個罷。」別人不過揀各人愛吃的揀了一兩樣就算了，劉姥姥原不曾吃過這些東西，且都做的小巧，不顯堆垛⁶的，他和板兒每樣吃了些，就去了半盤了。剩的，鳳姐又命攢⁷了兩盤，並一個攢盒，與文官等吃去。

　　忽見奶子抱了大姐兒來，大家哄他玩了一回，那大姐兒因抱著一個大柚子玩，忽見板兒抱著一個佛手，大姐便要，丫鬟哄他取去，大姐兒等不得，便哭了。眾人忙把柚子給了板兒，將板兒的佛手哄過來與他才罷。那板兒因玩了半日佛手，此刻又兩手抓

---

³ 黑老鴰（ㄍㄨㄚ；gua）子：烏鴉。

⁴ 鳳頭兒：頭上那一撮羽毛。

⁵ 瓤（ㄖㄤˊ；rang²）：瓜果內部的肉。

⁶ 堆垛：累積之意。

⁷ 攢（ㄘㄨㄢˊ；cuan²）：聚也，湊在一塊之意。

著些果子吃，又忽見這個柚子又香又圓，更覺好玩，且當球踢著玩去，也就不要佛手了。

　　當下賈母等吃過了茶，又帶了劉姥姥至櫳翠庵來。妙玉忙接了進去。眾人至院中，見花木繁盛，賈母笑道：「到底是他們修行人，沒事常常修理，比別處越發好看。」一面說，一面便往東禪堂來。妙玉笑往裏讓，賈母道：「我們才都吃了酒肉，你這裏頭有菩薩，沖了罪過。我們這裏坐坐，把你的好茶拿來，我們吃一杯就去了。」寶玉留神看他是怎麼行事。只見妙玉親自捧了一個海棠花式雕漆填金「雲龍獻壽」的小茶盤，裏面放一個成窯五彩小蓋鐘，捧與賈母。賈母道：「我不吃六安茶。」妙玉笑說：「知道。這是『老君眉』。」賈母接了，又問：「是什麼水？」妙玉道：「是舊年蠲[8]的雨水。」賈母便吃了半盞，笑著遞與劉姥姥，說：「你嚐嚐這個茶。」劉姥姥便一口吃盡，笑道：「好是好，就是淡些，再熬濃些更好了。」賈母眾人都笑起來。然後眾人都是一色的官窯脫胎填白蓋碗。

　　那妙玉便把寶釵、黛玉的衣襟一拉，二人隨他出去。寶玉悄悄的隨後跟了來。只見妙玉讓他二人在耳房內，寶釵便坐在榻上，黛玉便坐在妙玉的蒲團上。妙玉自向風爐上煽滾了水，另泡了一壺茶。寶玉便走了進來，笑道：「偏你們吃體己茶呢！」二人都笑道：「你又趕了來撤[9]茶吃！這裏並沒你吃的。」妙玉剛要去取杯，只見道婆收了上面茶盞來，妙玉忙命：「將那成窯的茶杯別收了，擱在外頭去罷。」寶玉會意，知為劉姥姥吃了，他嫌骯髒，不要了。又見妙玉另拿出兩隻杯來，一個旁邊有一耳，杯上鐫著「瓟斝[10]」三個隸字，後有一行小真字，是「王愷珍

---

[8] 蠲（ㄐㄩㄢ；juan）：潔也。

[9] 撤：或作「餈」，蹭也，沾光、揩油之意。

[10] 瓟（ㄅㄢ；ban）斝（ㄆㄠˊ；pao2）斝（ㄐㄧㄚ；jia）：瓟，形狀特別的瓜。斝，與「匏」通，葫蘆類。斝，古酒器，上有兩柱，比「爵」要大些。

玩」；又有「宋元豐五年四月眉山蘇軾見於祕府」一行小字。妙玉斟了一斝遞與寶釵。那一隻形似鉢而小，也有三個垂珠篆字，鐫著「點犀𥁃」[11]，妙玉斟了一盞與黛玉，仍將前番自己常日吃茶的那隻綠玉斗來斟與寶玉。寶玉笑道：「常言『世法平等』：他兩個就用那樣古珍奇珍，我就是個俗器了？」妙玉道：「這是俗器？不是我說狂話，只怕你家裏未必找得出這麼一個俗器來呢！」寶玉笑道：「俗語說隨鄉入鄉，到了你這裏，自然把這金珠玉寶一概貶為俗器了。」妙玉聽如此說，十分歡喜，遂又尋出一隻九曲十環一百二十節蟠虯整雕竹根的一個大盞出來，笑道：「就剩了這一個，你可吃得了這一海？」寶玉喜的忙道：「吃的了。」妙玉笑道：「你雖吃的了，也沒這些茶你糟蹋。豈不聞一杯為品，二杯即是解渴的蠢物，三杯便是飲驢了。你吃這一海，更成什麼？」說的寶釵、黛玉、寶玉都笑了。

　　妙玉執壺，只向海內斟了約有一杯，寶玉細細吃了，果覺輕淳無比，賞讚不絕。妙玉正色道：「你這遭吃茶，是托他兩個的福，獨你來了，我是不能給你吃的。」寶玉笑道：「我深知道，我也不領你的情，只謝他二人便了。」妙玉聽了，方說：「這話明白。」黛玉因問：「這也是舊年的雨水？」妙玉冷笑道：「你這麼個人，竟是大俗人，連水也嘗不出來！這是五年前我在玄墓蟠香寺住著，統共得了那一鬼臉青的花甕一甕，總捨不得吃，埋在地下，今年夏天才開了。我只吃過一回，這是第二回了。你怎麼嘗不出來？隔年蠲的雨水，哪有這樣清醇？如何吃得！」黛玉知他天性怪僻，不好多話，亦不好多坐，吃過茶，便約著寶釵走了出來。寶玉和妙玉陪笑道：「那茶杯雖然骯髒了，白撩[12]了豈不可惜？依我說，不如就給了那貧婆子罷，他賣了也可以度日。

---

[11] 𥁃（ㄑㄧㄠ；qiao）：盂也，或作「碗」字解。

[12] 撩（ㄌㄧㄠ；liao）：空放著之意。

你道使得麼？」妙玉聽了，想了一想，點頭說道：「這也罷了。幸而那杯子是我沒吃過的；若是我吃過的，我就砸碎了也不能給他。你要給他，我也不管，你只交給他，快拿了去罷。」寶玉道：「自然如此。你哪裏和他說話去，越發連你都骯髒了。只交與我就是了。」妙玉便命人拿來，遞與寶玉。寶玉接了，又道：「等我們出去了，我叫幾個小么兒來河裏打幾桶水來洗地如何？」妙玉笑道：「這更好了。只是你囑咐他們，抬了水，只擱在山門外頭牆根下，別進門來。」寶玉道：「這是自然的。」說著，便袖著那杯，遞與賈母房中的小丫頭子拿著，說：「明日劉姥姥家去，給他帶去罷。」交代明白，賈母已經出來要回去，妙玉亦不甚留，送出山門，回身便將門閉了，不在話下。

　　且說賈母因覺身上乏倦，便命王夫人和迎春姐妹陪了薛姨媽去吃酒，自己便往稻香村來歇息。鳳姐忙命人將小竹椅抬來，賈母坐上，兩個婆子抬起，鳳姐和李紈眾丫頭婆子圍隨去了，不在話下。

　　這裏薛姨媽也就辭出。王夫人打發文官等出去，將攢盒散與眾丫頭們吃去，自己便也乘空歇著，隨便歪在方才賈母坐的榻上，命一個小丫頭放下簾子來，又命搥著腿，吩咐他：「老太太那裏有信，你就叫我。」說著，也歪著睡著了。

　　寶玉、湘雲等看著丫頭們將攢盒擱在山石上，也有坐在山石上的，也有坐在草地下的，也有靠著樹的，也有傍著水的，倒也十分熱鬧。一時又見鴛鴦來了，要帶著劉姥姥逛，眾人也都跟著取笑。一時來至省親別墅的牌坊底下，劉姥姥道：「噯呀！這裏還有大廟呢！」說著便爬下磕頭。眾人笑彎了腰。劉姥姥道：「笑什麼？這牌樓上字我都認得。我們那裏這樣的廟宇最多，都是這樣的牌坊，那字就是廟的名字。」眾人笑道：「你認得這是什麼廟？」劉姥姥便抬頭指那字道：「這不是『玉皇寶殿』四

字！」眾人笑的拍手打掌，還要拿他取笑。劉姥姥覺得腹內一陣亂響，忙的拉著一個丫頭，要了兩張紙，就解衣。眾人又是笑，又忙喝他：「這裏使不得！」忙命一個婆子，帶了東北角上去了。那婆子指與他地方，便樂得走開去歇息。

那劉姥姥因喝了些酒，他脾氣不與黃酒相宜，且吃了許多油膩飲食發渴，多喝了幾碗茶，不免通瀉起來，蹲了半日方完。及出廁來，酒被風吹，且年邁之人，蹲了半天，忽一起身，只覺得眼花頭暈，辨不出路徑，四顧一望，皆是樹木山石，樓臺房舍，卻不知哪一處是往哪一路去的，只得順著一條石子路，慢慢地走來。及至到了房舍跟前，又找不著門，再找了半日，忽見一帶竹籬。劉姥姥心中自忖道：「這裏也有扁荳架子？」一面想，一面順著花障走了來，得了一個月洞門，進去，只見迎面一帶水池，只有七八尺寬，石頭砌岸，裏邊碧波清水，流往那邊去了。上面有一塊白石橫架在上面。劉姥姥便躦過石去，順著石子甬[13]路走去。轉了兩個彎子，只見有個房門，於是進了房門，便見迎面一個女孩兒，滿面含笑迎出來。劉姥姥忙笑道：「姑娘們把我丟下了，叫我蹦[14]頭蹦到這裏來。」說了，只覺那女孩兒不答，劉姥姥便趕來拉他的手，「咕咚」一聲，便撞到板壁上，把頭蹦的生疼。細瞧了一瞧，原來是一幅畫兒。劉姥姥自忖道：「原來畫兒有這樣凸出來的？」一面想，一面看，一面又用手摸去，卻是一色平的，點頭嘆了兩聲。方得一個小門，門上掛著蔥綠撒花軟簾。劉姥姥掀簾進去，抬頭一看，只見四面牆壁，玲瓏剔透，琴劍瓶爐，皆貼在牆上；錦籠紗罩，金彩珠光，連地下踮[15]的磚皆是碧綠鑿花，竟越發把眼花了。找門出去，哪裏有門？左一架

---

[13] 甬（ㄩㄥˇ；yong³）：庭院間的通道。

[14] 磞（ㄆㄥ；peng）：撞也。

[15] 硒（ㄒㄧˋ；xi）：砌也。

書，右一架屏。剛從屏後得了一個門，只見一個老婆子也從外面
迎了他進來。劉姥姥詫異，心中恍惚：莫非是他親家母？因連忙
問道：「你想是這幾日沒家去。虧你找我來！哪位姑娘帶你進來
的？」又見他戴著滿頭花，劉姥姥笑道：「你好沒見世面！見這
園裏的花好，你就沒死活戴了一頭！」說著，那老婆子只是笑，
也不答言。便心中忽然想起：「常聽富貴人家有一種穿衣鏡，這
別是我在鏡子裏頭嗎？」想畢，伸手一抹，再細一看，可不是四
面雕空紫檀板壁，將這鏡子嵌在中間。因說：「這已經攔住，如
何走出去呢？」一面說，一面只管用手摸，這鏡子原是西洋機
括，可以開合，不意亂摸之間，其力巧合，便撞開了消息，掩過
鏡子，露出門來。劉姥姥又驚又喜，遂走出來，忽見一副最精緻
的床帳。他此時又帶了七八分的酒，又走乏了，便一屁股坐在床
上，只說歇歇，不承望身不由己，便前仰後合的，矇矓著兩眼，
一歪身，就睡熟在床上。

　　且說眾人等他不見，板兒沒了他姥姥，急的哭了。眾人都笑
道：「別是掉在茅廁裏了？快叫人去瞧瞧。」因命兩個婆子去
找。回來說：「沒有。」眾人各處搜尋不見。襲人忖[16]道：
「一定他醉了，迷了路，順著這一條路往我們後院子裏去了，若
進了花障子，到後房門進去，雖然蹦頭，還有小丫頭子們知道；
若不進花障子去，再往西南上去，若遠出去還好，若遠不出去，
可夠他遠一會子好的！我且瞧瞧去。」一面說著一面回來。進了
怡紅院，便叫人，誰知那幾個在房裏的小丫頭已偷空玩去了。襲
人一直進了房門，轉過集錦子，就聽得鼾齁[17]如雷，忙進來，只
聞見酒屁臭氣滿屋。一瞧，只見劉姥姥扎手舞腳的仰臥在床上。

---

[16] 忖（ㄉㄧㄢ；dian）忖（ㄉㄨㄛˊ；duo²）：稱量也，在心中盤算之意。

[17] 鼾（ㄏㄢ；han）齁（ㄏㄡ；hou）：打呼聲。

襲人這一驚不小，慌忙的趕上來將他沒死活的推醒。那劉姥姥驚醒，睜眼見襲人，連忙爬起來道：「姑娘，我該死了！我失錯並沒弄骯髒了床。」一面說，一面用手去撣[18]。襲人恐驚動了人，被寶玉知道了，只向他搖手，不叫他說話。忙將當地大鼎內貯了三四把百合香，仍用罩子罩上。所喜不曾嘔吐。忙悄悄的笑道：「不相干，有我呢。你隨我出來。」劉姥姥答應著，跟了襲人，出至小丫頭子們房中，命他坐下，向他道：「你說醉倒在山子石上，打了個盹兒。」劉姥姥答應「是」。又與他兩碗茶吃，方覺酒醒了。因問道：「這是哪個小姐的繡房？這樣精緻，我就像到了天宮裏的一樣。」襲人微微笑道：「這個麼是寶二爺的臥室。」那劉姥姥嚇的不敢做聲。襲人帶他從前面出去，見了眾人，只說：「他在草地下睡著了，帶了他來的。」眾人都不理會，也就罷了。

　　一時賈母醒了，就在稻香村擺飯。賈母因覺懶懶的，也沒吃飯，便坐了竹椅小敞轎，回至房中歇息，命鳳姐兒等去吃飯。他姐妹方復進園來。

　　　　　　　　　　　　　　未知如何，請看下回分解

·問題與討論

1. 劉姥姥在賈府中，屢遭眾人捉弄，是否表示權貴人士存心不好？而劉姥姥本人，又是抱持著何種態度來面對？

2. 富貴中人，食衣住行育樂均甚為用心，而這種講究，到底是純然的奢侈呢？還是別有意義和價值？

----

[18] 撣（ㄉㄢˇ；dan³）：亦作「撢」，拂去之意。

•延伸閱讀

1.金庸，《射鵰英雄傳》第十二回〈亢龍有悔〉。

2.袁枚，《隨園食單》。

3.鍾怡雯，《依然蕉風椰雨》。

（吳銘宏　編撰）

梓人傳（節錄）

柳宗元

・作者題解

　　柳宗元（773-819），字子厚，唐河東解縣（山西永濟）人。二十一歲（973）進士及第。後因參與政治革新運動失敗，貶爲永州（湖南零陵）司馬。失意之餘，乃寄情山水以遊記抒寫懷抱。元和十年（815），改任柳州（廣西柳州）刺史，後卒於任所。世稱柳柳州，又稱柳河東，有《柳河東集》傳世。柳宗元與韓愈同爲唐代古文運動的創導者，並稱「韓柳」。柳宗元的文章以遊記、寓言最爲人所稱道。〈永州八記〉爲其遊記類代表作，將個人身世情感融於自然景物中，情景交融，對後世山水文學影響甚深。

　　柳宗元也擅長以寓言形式針砭時弊，傳達理念，如〈黔之驢〉。有些寓言則是在眞人眞事的基礎上加工改造而成，如〈種樹郭橐駝傳〉、〈梓人傳〉。

　　本文節錄自〈梓人傳〉。《周官・考工記》：攻木之工凡七，其一曰梓人。主以梓木造樂器、飲器及射侯（用布或獸皮做成的箭靶）等。本文所謂之梓人猶今之建築師、領班工頭。文章主旨是藉建築師善於規劃工程，指揮衆工而蓋好房子的故事，類比宰相治理國家也應「擇天下之士，使稱其職」。只要掌握「勞心者役人，勞力者役於人」原則；領導階層妥善規劃，善用人才，屬下各司其職，分工合作，天下自能平治。

·課 文

　　裴封叔之第[1]，在光德里。有梓人款[2]其門，願傭隙宇[3]而處焉。所職，尋、引、規、矩、繩、墨，家不居礱斫之器[4]。問其能，曰：「吾善度材，視棟宇之制，高深圓方短長之宜，吾指使而群工役焉。舍我，眾莫能就一宇。故食於官府，吾受祿三倍；作於私家，吾收其直太半[5]焉。」他日，入其室，其牀闕足而不能理，曰：「將求他工。」餘甚笑之，謂其無能而貪祿嗜貨者。

　　其後京兆尹將飾官署，余往過焉。委[6]群材，會群工，或執斧斤，或執刀鋸，皆環立。向之梓人左持引，右執杖，而中處焉。量棟宇之任，視木之能舉，揮其杖，曰「斧！」彼執斧者奔而右；顧而指曰：「鋸！」彼執鋸者趨而左。俄而，斤者斫，刀者削，皆視其色，俟其言，莫敢自斷者。其不勝任者，怒而退之，亦莫敢慍焉。畫宮於堵[7]，盈尺而曲盡其制，計其毫釐而構大廈，無進退焉。既成，書於上棟曰：「某年、某月、某日、某建」。則其姓字也。凡執用之工不在列。余圜視大駭，然後知其術之工大矣。

　　繼而嘆曰[8]：彼將舍其手藝，專其心智，而能知體要[9]者歟！

1　裴封叔之第：裴封叔，柳宗元之姊夫。第，住宅。
2　款：叩。
3　隙宇：空房。
4　家不居礱斫之器：礱（ㄌㄨㄥˊ；long²），磨也。斫（ㄓㄨㄛˊ；zhuo²），削也。家中不存放磨削等工具
5　吾收其直太半：直，工錢。太半，比別人多一半。
6　委：堆積。
7　畫宮於堵：把房子的圖樣畫在壁上。堵，牆壁。
8　繼而嘆曰：作者忍不住讚嘆道。
9　體要：大體綱要，即要領。

吾聞勞心者役人，勞力者役於人。彼其勞心者歟！能者用而智者謀，彼其智者歟！是足為佐天子，相天下法矣。物莫近乎此也。彼為天下者本於人。其執役者為徒隸，為鄉師、里胥；其上為下士；又其上為中士，為上士；又其上為大夫，為卿，為公。離而為六職[10]，判而為百役。外薄四海[11]，有方伯、連率[12]。郡有守，邑有宰，皆有佐政[13]；其下有胥吏，又其下皆有嗇夫、版尹[14]以就役焉，猶眾工之各有執伎以食力也。

彼佐天子相天下者，舉而加焉，指而使焉[15]，條其綱紀而盈縮[16]焉，齊其法制而整頓焉；猶梓人之有規、矩、繩、墨以定製也。擇天下之士，使稱其職；居天下之人，使安其業。視都知野[17]，視野知國，視國知天下，其遠邇細大，可手據其圖而究焉，猶梓人畫宮於堵，而績於成也。能者進而由之，使無所德[18]；不能者退而休之，亦莫敢慍。不炫能，不矜名，不親小勞，不侵眾官，日與天下之英才，討論其大經，猶梓人之善運眾工而不伐藝也。夫然後相道得而萬國理矣。

余謂梓人之道類於相，故書而藏之。梓人，蓋古之審曲面勢[19]者，今謂之「都料匠」[20]云。余所遇者，楊氏，潛其名。

---

[10] 六職：指中央政府的吏、戶、禮、兵、刑、工六部。

[11] 外薄四海：向外擴及到四方邊境

[12] 方伯、連率：古代盟主統帥。

[13] 佐政：副職。

[14] 胥吏、嗇夫、版尹：胥吏，衙役。嗇夫，主管訴訟和賦稅。版尹，掌管版圖戶籍者。

[15] 舉而加焉，指而使焉：舉用賢能之人，給他們官職，指揮下屬。

[16] 盈縮：實施綱紀時，根據情況加以伸縮調整。

[17] 視都知野：視都城人民需要，可以推知鄉野民間所需。

[18] 使無所德：使他不覺得這是私人給予的恩惠。

[19] 審曲面勢：審度木料的曲直，然後根據形式做適當的製造。

[20] 都料匠：木工之長

·問題與討論

1.本文結語云：「余謂梓人之道類於相」，你是否認同此一說法？是否適用於現代社會？請舉例說明。
2.孟子說：「或勞心，或勞力。勞心者治人，勞力者治於人。」《孟子·滕文公上 4》請闡述你對這句話的解讀。

·延伸閱讀

1.《韓非子·主道》：君無見其所欲，君見其所欲，臣自將雕琢；君無見其意，君見其意，臣將自表異。故曰：「去好去惡，臣乃見素，去舊去智，臣乃自備。……群臣守職，百官有常，因能而使之，是謂習常。」（說明國君如何以「術」駕馭臣子之道）。
2.葛斯納，《誰說大象不會跳舞？》（Who says elephants can't dance?）。

（王翠芳　編撰）

醫者的許諾

王溢嘉

·作者題解

　　王溢嘉（1950-　），臺灣臺中市人。臺大醫學系畢業，畢業後僅從醫兩個月即棄醫從文，專事寫作和文化事業工作，並立志以巡迴演講的方式為社會大眾服務。他的文章包括文化評論、科學論述等，也常翻譯引介科學新知。曾在十餘家報章雜誌撰寫專欄，並歷任《健康世界》月刊總編輯、《心靈》雜誌社及野鵝出版社社長等職。著作有《實習醫師手記》、《蟲洞書簡》、《智慧的花園》、《古典今看》、《洗心禪》、《前世今生的謎與惑》等四十餘種，也曾有多篇文章被選入國中、高中、大專院校國文教科書中。

　　〈醫者的許諾〉一文收在其《實習醫師手記》書中。本文以王溢嘉原有的醫學背景，在筆觸中溶入文學的感性，娓娓道出剛踏入醫療行業者應有的自我期許；又言簡意賅，將從事醫療行業人員特有的人生觀與價值觀道出；並以簡要幾筆，即描繪出幾位海內外醫者最動人的「醫者畫像」。王溢嘉的散文常探討生命的價值意義，融合知性與感性、冶人文與科學於一爐，故往往呈現多重風貌。

·課　文

　　最近因有事就教於臺大醫院外科的林天佑教授，特地讀了他的「象牙之塔夢迴錄」。一年前，我在拜訪臺灣醫界耆宿[1]杜聰明

---

[1] 耆（ㄑㄧˊ；qi²）宿：指年高而素有德望的人。耆，一般指六十歲以上的年老之人。

先生時，也先讀了他的傳記「南天的十字星」，一是自傳，一是
傳記，但均同樣感人，同樣令我產生不可遏抑的孺慕之情與激勵
之心。杜先生與林教授同為蜚聲國際[2]的學者，一是藥理專家，一
是肝癌手術權威，他們的學者風範與廢寢忘食的敬業精神，均令
我們這些做晚輩的汗顏不已，但更可貴，更令人深省的卻是隱藏
在他們「仁術」後面的那顆「仁心」。

　　醫生是一種特殊的行業，它和神職人員一樣，具有很濃厚的
獻身意味，神職人員盜取了「天國的奧秘」，醫生則盜取了「生
命的奧秘」，他們享有一般人享受不到的「特權」，他們均是逾
越了人生的某種範圍，而必須為此付出他們的許諾及誓言的人。

　　醫生和神職人員有諸多類似的地方，皈依宗教的醫生特別
多，醫生自古即被稱為「神人」──是介於神與人之間的人。死
於非洲的史懷哲，死於臺灣的蘭醫師[3]，為了救人而死於半路的謝
緯醫師，在在描繪出一幅不朽的「醫者畫像」來，它歷久而彌
新，決不會因為時代的變遷而有絲毫的修正，任何地方，凡獻身
解除人類病痛者，彼此的眼中流露出來的均是同樣的神色。

　　我們以「宗教家的情操」來要求醫生並不為過，醫者更應該
以此自勵，因為必須在這個許諾和誓言之下，他們才有資格去盜
取生命的奧秘。

　　醫師誓言裏明白揭櫫[4]：「病人的痛苦應為我的首要顧念」，

2　蜚（ㄈㄟ；fei）聲國際：具有極大名聲，享譽國際之意。蜚，指在空中騰
　　行。
3　蘭醫師：應指出生於蘇格蘭、臺灣彰化基督教醫院創辦人之一的蘭大衛醫師
　　（David Landsborough, M.D., 1870-1957），與出生於彰化、自稱「臺灣囝
　　仔」、「英籍臺灣人」的蘭大弼醫師（David Landsborough IV, 1914-2010）。
　　父子兩代蘭醫師均為臺灣奉獻多年，但老年後也都回到英國，在倫敦過世，
　　此處作者應有誤。
4　揭櫫（ㄓㄨ；zhu）：指揭示、公布之意。

以此求諸臺灣醫界，在大醫院裏，我們看到的是，「上級醫師的意旨應為我的首要顧念」，曲意承歡，無微不至；在開業醫師處，我們聽到的是，「醫門雖大，不醫無錢之人」。傾軋欺脅，使醫門含垢、醫者蒙羞的事端時有所聞。

杜先生和林教授感嘆今日臺灣醫界的人心不古，世風日下，覺得不是憑一己之力所能挽回的。林教授甚至說：「現在我已不再留戀這座象牙之塔了，因為它已經變質了，變形了。」

當我坐在杜先生的寓所和林教授的研究室內時，聆聽他們的教誨，望著他們眼中的神色，我有一股溫熱，一股激動，以及一種深深的挫折感。象牙之塔已經變形了？「醫者的畫像」上已蒙滿了塵灰？濺滿了污點？有誰能重新記取他們的許諾，掃清這些灰塵，刷減這些污點，讓象征「人神」的「醫者畫像」永留人間，永渡眾生？

——選自《實習醫師手記》，臺北：野鵝，1989 年

·問題與討論

1. 請依不同學院所學及未來可能從事的行業別，討論一下醫療相關行業與其它各行業之間的價值觀異同？
2. 請問你自己或周圍親友有從事醫療相關行業的嗎？是什麼樣的緣起，使你自己或周圍親友走向這個行業？可以跟大家分享嗎？
3. 請問你遇過什麼樣的好醫師或無良醫師？他們是怎樣的醫療行為使你做了這種肯定或否定？

·延伸閱讀

1. 楊玉齡，《一代醫人杜聰明》。
2. 侯文詠，《白色巨塔》。

（賴慧玲　編撰）

醫院裡的鳳梨

黃信恩

•作者題解

　　黃信恩（1982-　），高雄醫學大學醫學系畢業，現為臺南成大醫院家庭醫學部主治醫師。學生時代即開始寫作，創作多以散文與小說為主。曾獲聯合報文學獎、梁實秋文學獎、全球華文青年文學獎、教育部文創藝術創作獎等獎項，並入選九歌年度散文選、天下散文選等。著作有《體膚小事》、《遊牧醫師》、短篇小說集《高架橋》，其中散文集《體膚小事》曾獲文化部金鼎獎優良文學圖書推薦獎。黃信恩的創作，大多以一「醫學人」的角度，來關懷人文、面對生死，還能看見他與醫學的愛怨糾纏。尤其透過他的文字，讓人訝於尋常生活與艱澀醫學的近在咫尺，更能感受到獨特的敏銳深情，與專屬醫者的誠摯體貼之心。

　　〈醫院裡的鳳梨〉一文收在其《游牧醫師》一書中。此書是黃信恩經歷醫學生、見習醫師、實習醫師和醫官等時期的見聞與感觸，其中〈醫院裡的鳳梨〉一文即在擔任實習醫師階段所寫。他曾在回母校高雄醫學大學的一場演講中提到寫作此文的緣起，認為學校教導學生證據會說話，但在醫院卻往往會看到科學與迷信兼容並蓄的有趣文化。此文幽默詼諧，將人性中對某種未知的恐懼坦然呈現，故值得思索玩味。

•課　文

　　實證醫學（Evidence-Based Medicine），簡稱 EBM，一項近年來在醫界廣為倡導的概念，各大醫院也紛設專屬的實證醫學中

心。它強調所有醫療決策或病程解釋均要有研究、統計等文獻支持，並將文獻分級，以往那些老醫師、教授口中被視為權威的「專家意見」（expert opinion），如果只是個人行醫經驗，毫無佐證，則被歸為第五級（最劣級）。

實證醫學似乎宣告了一種分明的態度、科學與數據共馭的時代。它教導人們擁有一雙懷疑的眼神，一腔不輕易被說服的傲氣。不過，對某些值班醫師而言，信仰實證醫學，有時是比不上對於一顆鳳梨那乾脆單純的堅信。

在醫護間有則行話叫「旺」。有人值班浪靜風止，眾生無恙；有人值班卻危機四伏，喘的、痛的、嘔吐的、發燒的、癲癇[1]發作的、意識改變的、心律不整的，狀況迭起未曾罷歇，謂之旺；在急診室，大量傷患湧入、徹夜急診刀、集體食物中毒，謂之旺。因此值班時是禁食鳳梨的，包括鳳梨酥、鳳梨果凍、鳳梨排骨、含鳳梨成分的果汁等。

不只鳳梨，一種標榜富含維生素的「每日C」飲料也是值班禁忌，信仰此說的人認為此「C」意味CPR（心肺復甦術），是急救方式之一；也有人堅信值班時不能洗澡，因為「洗」音近C，同樣暗指CPR；還有人執迷值班不准喝可口可樂，因為廣告詞中「擋不住的感覺」，會讓這場值班之夜充滿「擋不住」的情勢。

我不相信每日C、洗澡等說，但在值班時，會刻意與鳳梨保持微妙的距離，並非敵對，亦非作戰，只是值班時的短暫戒嚴。值班之後，大食鳳梨則無所顧忌。

所以，諧音是一種人類無法戒斷的遊戲，它擁有神秘未知的

---

[1] 癲（ㄉㄧㄢ；dian）癇（ㄒㄧㄢˊ；xian²）：是一種起因於腦細胞不正常放電所引起的病症，病人發病時可能呈現昏迷狀態，甚至同時有全身抽搐或只有一邊手、腳之局部抽搐或感覺異樣之重覆動作。

隱喻，讓祝福與咒詛²並肩伸張。而我們都敗給了鳳梨，敗給了這種吉祥與厄運兼得的水果，在那一組致命結合的聲符與韻符中，衍伸無限恐懼。

　　因此我明白在醫院裡，所有關於四的號碼，都會以一種不需解釋的方式消失，消失的四樓，消失的四號床。一切不需明說，因為生與死，良性與惡性，旺與不旺，科學與迷信，不過比鄰而居，並且在醫院各樓層，兼容並蓄。

・問題與討論

1. 同學們有聽過關於醫院中這類近似鬼怪或迷信的相關傳說嗎？你覺得這類說法是真是假？其中又透露出什麼樣的意識或心理狀態？
2. 所謂「迷信」行為是許多人真的無知，還是也有可能僅是目前的科學尚未找出合理解釋的託詞？請發表自己的想法。
3. 你還知道有哪些醫師作家嗎？他們的寫作內容或風格類型也都圍繞「醫院」這個主題嗎？

・延伸閱讀

1. 蘇絢慧，《死亡如此接近——一位社工師的安寧病房手記》。
2. 王浩威《憂鬱的醫生，想飛》。

（賴慧玲　編撰）

---

² 咒（ㄓㄡˋ；zhou⁴）詛（ㄗㄨˇ；zu³）：用惡毒的言語詛罵，或祈求鬼神降禍他人。

電視劇濡染下的重口味人生

廖玉蕙

·作者題解

　　廖玉蕙（1950－　），臺灣臺中市人，中學就讀臺中女中，後來在東吳大學中文系畢業，並獲得同校的碩、博士學位。

　　在學術研究上，以小說、戲劇為主；文藝創作則以散文為主，當然也寫小說。並曾以筆名「唐生」、「柳映堤」寫人物專訪。其散文創作，雖大多為日常生活的題材，內容卻往往非尋常人所習聞慣見，也就在一般人不易見到的社會面向，廖教授投射出其特有的批評觀點，因此，寫作生涯，獲獎無數，並有多篇作品入選中學課本。

　　除了從事創作之外，也在各公私立大學任教，專門講授小說、戲劇以及散文創作等課程，均深獲好評。

　　廖教授這篇文章是在 2009 年 12 月 24 日的《聯合報》上發表的，因此，篇幅並不長。文中點出世人觀賞連續劇，往往相當投入，「戲裡戲外，真假人生，頓時水乳交融地纏繞在一塊兒」，其影響人心、操控情緒的威力，真是令人瞠目結舌！

　　此外，連續劇的故事情節，往往都十分的重口味，每一幕都直接衝擊閱聽觀眾的感官與心靈，影響所及，世人便很難再理性地面對真實的人生。

·課文

　　醫院病房旁休閒室裡，一群人圍坐著看八點檔連續劇。有的一臉蠟黃；有的身上猶然掛著點滴。大夥兒都安安靜靜的面朝同

個方向，看得十分專心。

八點檔的威力

電視上傳來女子高亢的聲音：

「你的魑鬼殼（假面具）已經給人撕開了！無人會再相信你了啦！」

正灌著熱水瓶的我抬頭望過去，螢光幕上的兩個男女都一臉氣憤。男子舉起手回指剛剛罵他的女人說：

「攏是你黑白講才會這樣！你尚愛講白賊啦！別人才不會相信你啦……」

說時遲、那時快，觀眾群中，一位吊著尿袋的老人忽然執起身旁的拐杖，指向電視螢幕，氣憤填膺地說：

「伊哪有講白賊[1]！」

話音未了，螢幕上那位女主角竟然如響斯應地跟著說：

「我哪有講白賊！」

老人對電視節奏與語言的掌握讓人嘆為觀止。端坐他前方的老太太，立時轉身，朝坐在那兒的老老少少宣言：

「世間就是有這種人啦！明明自己講白賊，卻賴給別人啦！極敢死咧[2]！」然後，旁邊另一位少婦立刻舉證說明：

「就是這樣啊！阮細嬸仔[3]就是這款的人啦！極未見笑咧[4]！前天伊……」

頓時，場面熱鬧起來！戲裡戲外，真假人生，頓時水乳交融地纏繞在一塊兒，目瞪口呆的我，當場驚訝地見識了八點檔連續

---

[1] 講白賊：閩南語，說謊之意。

[2] 極敢死咧：閩南語，膽大包天，胡作妄為。

[3] 細嬸仔：閩南語，丈夫的弟媳。

[4] 極未見笑咧：閩南語，不知羞恥。

劇的威力。

　　媒體的力量，就是這般穿透螢光幕，直撲到現實裡來。慢慢地，人們已經很難劃分虛實，藉著劇情，他們相互取暖。很多中、老年歐巴桑，看慣了這麼重口味的電視劇，再也無法用理性的態度處理現實人生中的問題，動輒甩耳光、用尖酸的語氣諷刺別人、歇斯底里地哭訴自己命苦；年輕人則揣想自己可能真的如劇中人一樣，因為某種原因，譬如權力或財富的掠奪，偷偷被父母調包，因之擁有個不可告人的身世。

　　千萬別小覷這些連續劇的威力！受影響的可不只中老年人口，偶爾從課業裡逃脫出來陪阿嬤看劇的孩子，雖然只是蜻蜓點水似的濡染，但也迅速從中習得了精華。

學生集體悲情

　　我有充分證據顯示：有一年，指考以「如果當時……」為題，讓考生從自己的生命歷程或歷史中，選擇最想加以改變的過去時空，並想像那一個時空情境因為重返或加入所產生的改變。幾乎有過半數的考生都寫到驚悚的死亡。有趣的是，自然死亡者甚少，最大宗的案例就數電視劇中最常出現的車禍或失足落崖。

　　而且，很湊巧的，事情都不約而同發生在作者生日那天：因家人遺忘了他的生日，引發作者不滿。於是，心疼孩子的祖父母或爸媽之中的一人急忙騎車去補買蛋糕慶賀，在回程中，不可思議地全被汽車撞死！那年閱卷場合不時傳出：「哎呀！怎麼又死了一個人！」「怎麼舅舅也來湊熱鬧！」「怎麼同學也來參一咖！」而學生的結語都頗為一致地自責年少輕狂的任性，並呼籲珍惜當下。錯別字相似、情節相同、結論像是彼此串通或被集體催眠過。

臺灣的媒體，無論光怪陸離的連續劇或腥羶[5]充斥的新聞，都逐漸涵養出一群重口味的觀眾，無形中型塑了學生的集體悲情思考，並讓某些成人浸潤出一套詭奇的人際應對，是個頗值得注意的警訊！

——原文刊登於 2009 年 12 月 18 日《聯合報》

・問題與討論

1. 戲劇與人生，到底有何不同？我們又該用什麼態度來面對它們？
2. 既然戲劇對人生，有這麼直接的影響，那麼，政府該不該管制它？
3. 臺灣的連續劇還有前途嗎？

・延伸閱讀

1. 謝一麟，〈那些電視劇裡的朋友們〉，《天下雜誌》。
2. 陳雲先，〈說不同的故事：臺灣電視劇盼到的新突破〉，《關鍵評論》。
3. Madeleine，〈行銷國際的軟實力：西方人為什麼會被韓劇吸引？〉，《關鍵評論》。

（吳銘宏　編撰）

---

[5] 腥羶：指暴力色情。

現代的司馬遷
——談今日的資料壓縮

陳之藩

·作者題解

　　陳之藩（1925－2012），字範生，河北霸縣人，北洋大學電機系理學士、美國賓夕法尼亞大學理學碩士、英國劍橋大學哲學博士、美國路易斯學院榮譽法學博士。曾獲選爲英國劍橋大學艾德學院院士、英國電機學會院士。由於陳之藩曾在臺灣成功大學擔任十年的客座敎授，故成功大學即從 2009 年 10 月開始執行「搶救陳之藩文獻計畫」，也在成大圖書館闢出「陳之藩專區」。因陳之藩原是電機工程學者及從事科學敎育研究者，著有電機工程論文百餘篇，也出版《系統導論》及《人工智慧語言》專書兩冊。但其深具人文素養，擅長寫作散文，也曾有多篇作品選入兩岸三地的中學國文課本中。著作則有《大學時代給胡適的信》、《蔚藍的天》、《旅美小簡》、《在春風裡》、《劍河倒影》、《一星如月》、《時空之海》、《散步》、《思與花開》、《失根的蘭花》、《釣勝於魚》等。

　　〈現代司馬遷——談今日的資料壓縮〉一文，原是陳之藩爲戴顯權《資料壓縮》一書所作的書序，現已收入自己的《散步》一書中。此文將資訊發達且氾濫的這個時代，人們如何面對爆量的訊息，來與司馬遷處理上古歷史也須去蕪存菁、壓縮資料作爲類比，讓人意識到古今資料雖有不同處理方式，但所傳承的經驗並不會隨著時空消失，反須思考什麼樣的思想內容與價值才是該留存的？而這正是我們所處的大量信息時代所必須面對的重要問題。

·課文

　　大致說來，人類社會賴以生存的三大基本要素是物質、能量與信息。從最原始的到最近的社會一直是如此。不過在上古的人沒有意識到信息的重要，雖然語言、符號、圖像、文字與人類的歷史幾乎可以說是同時演進而來。

　　我們意識到信息的極端重要與信息的定量估測卻是始於二十世紀中葉。大致是由控制理論的創立者溫納（Norbert Wiener）及信息理論的定義者山農（Claude Shannon）所啓迪的。

　　溫納說：「信息就是信息，不是物質，也不是能量。如不承認這一點，我們就不易存在下去。」

　　山農則是把玻耳茲曼（Ludwig Boltzmann）墓誌銘上那個熵[1]的公式借來，為信息做了定量工作與分析理論。

　　信息不僅是包括我們所有的知識，還包括感官所觸到的一切。報紙上的新聞，書本上的報告，市場上的行情起伏，電視上的天氣預報；簡單到一張照片或一幅圖畫，複雜到終端機上的種種顯示，印表機上的列印標記都是信息。我們固然一直是生活在物質──如空氣或水──的海洋中，也是生活在能量──如光或熱──的海洋中；而今，我們忽然悟出更是生活在信息的海洋中。從古以來就是如此，二十世紀下半葉情況尤然。

　　但信息與物質或能量有所不同。信息的最大特徵是：它並非單獨存在的東西，而是以互相聯繫為前提。沒有聯繫，就沒有信息。於是信息必依附於一定的載體。通過載體這信息我們才能被處理、傳輸、操作。而今，呈現在我們面前的信息多是經電子為

---

[1] 熵（ㄕㄤ；shang）：英文 entropy，原是由德國物理學家魯道夫·克里修斯所提出，屬「熱力學」概念，意指「一個系統在不受外力干擾時，會往內部最穩定狀態來發展」的內向特性。

載體、用數字作處理而表現出來的資料。

信息資料不能單獨存在，是由互相聯繫而來。所謂互相聯繫，主要是傳遞與儲存；而儲存可以視為延遲了的傳遞，於是信息與傳遞，或者信息與儲存的關係也就特別密切了。

經由數字處理而得出的信息資料，自然因頻繁的傳遞與大量的堆存，而逐漸成了問題；並且這個問題隨著時間的推移，而日形嚴重。人們遂發展出特別的儲存與傳遞的方法，稱之為資料壓縮。

我們現在以電腦問世以後的眼光，回顧一下歷史，也許對於人類目前對付資料壓縮的問題能夠有所理解。

我們先舉上古的寫史書的故事，而以司馬遷的《史記》做為例子。

司馬遷是把從軒轅到漢武帝時代汗牛充棟的史實，用一片片竹簡寫出五十二萬字的《史記》。他的志趣所在，是把這一大堆竹簡寫成的《史記》，「藏之名山，傳之其人」的。這整個的過程與目的可以說是信息的傳遞，也就是他所謂的「傳之其人」。而儲存的方法則是寫在竹簡上，而把竹簡「藏之名山」。當然如果能省掉一個字，就可以少寫一個字。竹簡上少寫一個字，就可以少用些竹簡，而藏之名山時就可節省些空間。於是，司馬遷就需要把資料大量地壓縮，把自己的寫作技術練入化境，使所寫文言文字達於精純，然後才寫到竹簡上去。這可以說是編碼程式，以不致使人誤解原意為最低訴求；而後人在名山內拿到竹簡時，得到竹簡上所示的信息。那就需要一些念懂古文的工夫，也就是後世的人要有解碼的訓練。自然，竹簡像晶片一樣，是載體，而所寫的字可以比為位元了。這正說明了上古所用的信息系統，已經是在作資料壓縮了。

第二個例子，可以舉莫爾斯所發明，由中國改造成功的漢字

電報系統。這是把漢字的每一個字均編成一個數字碼，也就是有一電碼本在拍發端，而有另一同樣的電碼本在接收端，載體把點與劃的莫爾斯符號一個一個地傳過去。這種編碼與解碼的思想方式與目前正在用的 LZ（Lempel Ziv）的思想並無原則上的不同，只是簡單與複雜的區別罷了。

第三個例子，可以舉我們平日所看的電影。我們知道那是些不連續的圖片，一片一片地接續下去，把影片上連續的動作照成間斷的動作，但放映時，人眼卻看不出間斷的情況，而誤以為連續的動作。其實這是最早發展出的失真壓縮。該技術主要在利用眼睛不辨間斷情況的弱點，也可以說是特點。我們現在所用的失真資料壓縮則是利用人眼的另一弱點：把一張大的圖像用分頻編碼分成數張子圖，利用量化技術同時丟掉人眼並不反應的高頻子圖，然後以向量表及目錄表的方式傳遞；而以逆程序作解壓縮，即成失真圖像資料壓縮。現今盛行之 Linde 等發展出之演算法所作資料壓縮技術，即可解釋成屬於此類。

我們細覽這些人類所發展出的幾千年的文字資料壓縮技術，近百年的電影資料壓縮技術，電腦資料壓縮技術，近五十年來的信息理論，近三十年的無失真壓縮技術，二十年來的失真壓縮技術，一直到過去兩三年的突飛猛進的資料壓縮技術；我們恍然悟到由竹簡到晶片是工具在變，而儲存與傳遞的思想並沒有改變很多。

資料壓縮的思想與技術，如同計算機科學中其他方面的發展一樣，有些是意想不到的闖進來的外來影響，有些是突如其來的自我生發。截至目前，在我看來，轉換編碼頗有發展餘地：由傅利葉轉換，而餘弦轉換，而渥什轉換，而小波轉換……。轉換編碼之製作，勢成萬弩[2]在握，齊發可期。

---

2 弩（ㄋㄨˇ；nu³）：是一種射擊的兵器，類似現今所見的「十字弓」。

另一方面，利用「訓練」製作的大的編碼，正是表示人工智能與神經網路的思想之影響湧至而展開了前途。我們如用司馬遷的例子作比喻，這種研究可以說訓練一些字練句遒[3]的司馬遷機器來做徹底的大編碼工作。

可是，以上所述總是載體系統的手段問題，而從未涉及信息本身的內容問題。古時的司馬遷所說的「究天人之際，通古今之變，成一家之言」的大目標及「敘遊俠，述貨殖」等的各重點，在現代司馬遷的作風上是絕對不見蹤影，絕對不予置問的。

然而，畢竟傳信是為了信的內容，至於信以何種方法而傳，究屬次要。請看今日域中：發信者不知所云，收信者不知所措，唯有絡繹於途的傳信者，在急促慌忙地奔走，與煞有介事地呼號。這是我們這個信息時代的象徵縮圖，不也正是我們這個信息時代的問題所在嗎？

—— 選自《散步》，臺北：天下文化，2003 年

·問題與討論

1.請問你每天上網，會優先打開哪種類型的網站或網頁？當同類型相關網站或網頁太多時，請問你優先上網讀取或選擇使用的判準是什麼？

2.你從小就會打開電腦上網，所以會感覺這個世界的訊息太多嗎？在選擇自己感興趣的資訊時，你會發現自己與其他不同興趣的人有隔閡感嗎？

3.請問你會意識到自己可能網路成癮嗎？除了上網跟人溝通交流外，現實生活中你覺得哪一種情感交流方式最使你喜歡且有感？

·延伸閱讀

1.詹宏志，《創意人》。

---

[3] 字練句遒（ㄑㄧㄡˊ；qiu²）：指文章字句寫來老練熟慣、遒勁有力之意。

2.張立人，《上網不上癮：給網路族的心靈處方》。

3.林子堯（雷亞）、謝詠基，《網開醫面：網路成癮、遊戲成癮、手機成癮》。

（賴慧玲　編撰）

附　錄

履歷表

壹、「履歷表」格式

「履歷表」一般有以下幾種類別或格式：

一、普通書局或文具店即可買到，通常以紅線印製爲固定規格的「簡歷表」之類。

二、有些公私立機關行號或較有規模的公司，會提供應徵者依其要求直接填寫特定式的表格。

三、依職業別，如：行銷企劃、設計文敎之類行業，即須提供較詳細或自行設計的「履歷表」。

貳、「履歷表」基本內容

一、個人基本資料（含姓名、年齡、性別、籍貫或出生地、通訊地址、聯絡方式、機汽車駕照等，男生一般還須填寫兵役狀況）。

二、教育程度或學習歷程（一般由近寫到遠，從最高學歷往下開始填寫）。

三、工作或社團經驗（大學畢業生多半尙未有全職經驗，所以可寫工讀經歷或曾在社團擔任過的職務及活動類型）。

四、個人的興趣或喜好。

五、專業能力或技術檢定等相關證照。

六、應徵的工作項目。

七、希望的工作地點（一般大型公司會有不同分店或廠區，最好註明清楚，甚至交代選擇原因）。

　　八、期望的待遇（剛畢業的大學生可彈性地註明在多少與多少元之間，或萬一沒有把握，就乾脆寫「依公司規定」之類較爲保險）。

參、填寫表格須注意的要點

　　一、內容切中要點，務必誠實、切勿作假。

　　二、若非依求職公司所提供之現成表格填寫，自行設計的格式則要簡潔大方，能呈現與衆不同的質感，卻又不突兀奇怪爲準。

　　三、愼選所黏貼的照片，以形象端莊、乾淨清爽的彩色相片爲原則，切勿以搞怪相片或特殊沙龍照、露點照、黑白照之類黏貼。

　　四、送出前最好請有經驗的人幫忙檢查，注意不要有錯別字，若手寫填表則字跡務必清晰工整。

　　五、盡可能留下多種聯繫方式，如：詳細地址、手機、市話、Line、FB 等等，以免錯過應徵公司所發布的進一步面試、約談或最後錄取通知。

肆、「履歷表」範例（本校「學生學習歷程檔案」所列基本格式）

基本資料				
姓名				
性別		生日		
婚姻狀況		身高／體重	Cm/ Kg	
駕駛執照				
交通工具				

聯絡方式	
聯絡電話	
常用電子郵件	

個人介紹

專長	
擅長工具	
工作技能	

生涯規劃	
初期目標	
中期目標	
長期目標	

工讀紀錄

起始日	結束日	類別	公司名稱	職務名稱	工讀時數

社團紀錄

起始日	結束日	社團名稱	擔任幹部

證照記錄

起始日	證照類別	證照名稱	分數

獲獎紀錄

起始日	結束日	類別	獎項	主辦單位	指導老師

專題與作品

起始日	結束日	作品名稱	作品連結

班級幹部

起始日	結束日	班級	職務名稱

實習紀錄

起始日	結束日	公司名稱	實習部門	實習時數	簽訂合約	輔導老師

服務學習

起始日	結束日	服務項目	服務單位	服務時數	指導老師

志工服務

起始日	結束日	服務項目	服務單位	服務時數

其他項目

起始日	結束日	活動類別	活動名稱	活動地點	活動時數	擔任職務

自傳

（賴慧玲　編撰）

自　傳

壹、「自傳」的類別

「自傳」依寫作目的或用途，一般有以下幾種類別：

一、在校時期因須被師長及同學們所認識時寫的，介紹家庭親人及個人性格、興趣交友及未來志向之類的「學生式自傳」。

二、升學時期因申請學校或推甄所需時寫的，介紹家庭及個人性格專長，以及對學校課程規劃是否了解、或與個人志趣是否相投之類「申請用自傳」。

三、求職階段依不同行業別所需時寫的，簡述個人家世出身，但更須詳述所學經歷專長、以及對公司未來發展前景之了解，與個人如何貢獻所學之類的「求職用自傳」。

爲因應大學生未來畢業所需，下文僅針對「求職用自傳」來提出寫作要點。

貳、「求職用自傳」基本內容

一、簡述家世背景：簡單描述個人家世，主要表達家庭教育對自己的正面影響或價值信念即可。因入社會後，職場主管與同事眞正在乎的是你的工作態度與能力，故無須花太多篇幅描述自己的家庭親友、兄弟姊妹之類。

二、詳述學經歷：個人擔任過的各種幹部或參與社團活動、以及曾工讀或校外實習所學到的各種經驗與能力。重點在是否曾上過與求職工作確實有關的課程，或曾在相關產業實習之類。內容須看出自身的工作能力與規劃力、執行力，最好有實際的經驗成效，如：曾舉辦過什麼大型活動、專題製作成果、實習優良或得獎，以及已具備那些證照等等。

三、工作認識與熱誠：主述對所求職工作的體認與抱負，並寫出確實能承擔此工作的熱誠。若自己性格或能力的劣勢在敘述時則儘量避重就

輕，或將缺點化爲可能進步轉變的契機或賣點，但切勿誇大其詞、胡亂吹噓；又最好能凸顯自己與同樣求職者比較後之不同價值，或適度強調自己的優點，但語氣又不過度炫耀。

　　四、未來期許與能力評估：可描述未來進到公司後的自我期許或規劃，且能針對職務不同需求，明確地表達出個人想法、可能做法或預期貢獻。尤其若公司設有專門網頁，務必對公司各網頁細節仔細瀏覽，最好在詳盡的了解後，必要時可提出個人的推崇或建議。

參、「自傳」寫作須注意要點

　　一、避免冗長或過短的敘述，若手寫則注意字體的整齊美觀，電腦打字尤須注意不要錯字連篇、選字錯誤。

　　二、一般理、工、服務業類工作，自傳直接附在表格內填寫的，以三百五十字至六百字以內即可；若人文、社會類工作，自傳可寫得長一些，大約一千字上下，A4 紙則勿超過兩頁，打字字體切勿小於 12 號新細明體字大小。且文章務必分段，勿完全條列式書寫或完全籠統地合成一大段，全文至少要分三段才好。

　　三、無須將在校時期曾常翹課、重修、留級或記過之類糗事太過誠實地寫出，也不要對求職公司太過吹捧抬舉、乃至誇張的程度，言語用詞保持不卑不亢爲佳。

　　四、不要提到自己可能即將出國留學、還在準備其他考試或還須當兵、女生已懷孕等事，更不要寫到要來公司「多多學習」之類。因爲職場並非學校，老闆也不是你的父母，他們只期待你貢獻所學才能領薪水，而非學到公司的專業機密後即跳槽他處。

　　五、若曾有各種工讀或實習經驗者，切勿批評前老闆或同事不好之類情事，以免反造成別人對你人品不佳、不易相處之印象。

　　六、網路上許多人力銀行網站均有各行業之履歷自傳範例可參考，但求職時務須依照個人情況大幅改寫，切勿將範文一模一樣地照抄。

肆、「自傳」寫作基本架構

個人家世出身、性格志趣、待人處事的理念

↓

依不同學院介紹自身所學專長經歷或實務經驗

↓

依不同行業別，說明對公司或此工作性質的了解及所學密合度，
以及對工作本身的興趣與熱誠

↓

對貢獻所學之自我期許及未來在公司內發展之規劃

（賴慧玲　編撰）

公文的重要類別、結構及寫作要領

壹、釋名

公文者，處理公務的文書是也。

貳、重要類別

一、令：公布行政規章及發表人事任免、調遷、獎懲、考績時使用。

二、呈：對總統有所呈請或報告時使用。

三、咨：總統與立法院、監察院公文往復時使用。

四、函：各機關處理公務時使用。分上行函、平行函、下行函三種。

五、公告：各機關就主管業務，向公眾及特定對象宣布周知時使用。
分張貼用、登公報用、登報用三種。（工程招標之公告，儘量使
用表格處理，免用三段式。）

六、通知：給個人。

七、通告：給眾人。

八、通報：給眾人。

九、申請函：個人對機關有所請求時使用。

十、簽：

　　1.簽辦案件。

　　2.對長官有所請示（中高級官員使用）。

十一、報告：（中低級官員使用）。

參、結構

一、公文的構件

　　1.機關名稱及文別　　2.受文者　　3.副本收受者

　　4.本文（公文的主題）　　5.署名　　6.印信

　　7.年月日及字號　　8.附件　　9.副署。

二、公文的主體

　　1.普通分為三段：

　　　主旨（說明行文的目的與期望）。

　　　說明（說明為什麼有這樣的目的與期望）。

　　　辦法（打算用什麼辦法實現這個目的）。

　　2.公文的主體，能一段完成者，就用一段；能兩段完成者，就莫用三段。

　　3.「主旨」不可分項。

　　4.「期望語」不宜在「辦法」段內重複。

　　5.「說明」可改用「原因」「經過」。

　　6.「辦法」可改用「建議」「請求」「擬辦」「核示事項」。

　　7.公告的主體分「主旨」「依據」「公告事項」三段。

肆、寫作要領

一、四大原則：簡、淺、明、確。

二、使用語體文。

三、下筆前，先打腹稿。

四、基層幕僚不宜妄自菲薄。

五、文字方面的預備：基本性與急切性。

六、心理方面的預備：誠懇與踏實。

伍、「上簽」與「會辦」的先後問題

一、案情繁複，先簽後會。

二、例行案件，先會後簽。

陸、「簽」、「稿」的配合問題

一、先簽後稿。

二、簽、稿並陳。

三、 以稿代簽。

柒、稱謂問題

一、對機關：上鈞下貴平也貴（有鈞無大）。

二、對個人：上鈞長或鈞座，下台端（無隸屬關係者，稱其職稱）。

三、機關對人民：稱先生、君、女士或台端。

四、自稱：

　　1.「本」人、校、處、中心、系、組。

　　2.「職」、「生」、「學生」。

五、稱第三人：「該」○或職稱。

（吳銘宏　編撰）

「簽」、「函」、「公告」的撰寫要領

　　公務人員處理公務，其最基本的工具，就是「簽」、「函」以及「公告」。「簽」的作用，是當你有公事須要單位主管核可時，你便須要用到「簽」。而當你所處理的公事，與外在的機關或人民有關時，你便須要用到「函」或「公告」。

　　基本上，公務人員處理公務，以一案一事為原則，因此，把事情的緣由與重點說清楚，讓他人可以很迅速地了解你所敘述的事項，那麼，你便已經達成身為公務人員的基本職責了。所以，「簡、淺、明、確」是你公文撰寫的根本原則，而「主旨、說明、辦法」三段式的表達方法，更是公文撰寫的基本格式。

　　大體上，「簽」的三段式段名分別是「主旨、說明、擬辦」，函的三段式段名分別是「主旨、說明、辦法」，而公告的三段式段名則是「主旨、依據、公告事項」。其中，「擬辦」的段名也可以改為「建議」或「請求」，而「公告事項」的段名也可以改為「說明」。

　　當你身為公務承辦人員，接到外部機關或人民來函時，你便須要決定怎麼處理？如果須要回函，那麼你便須要擬「函」稿。假使，案件簡單，而且是例行公事，只須「以稿代簽」即可。若案件複雜或處理方式仍須主管核定，也可以「簽稿並陳」。萬一，案情極端複雜或處理方式不確定完全合宜時，那只好「先簽後稿」了，先陳請主管核定怎麼處理之後，再擬「函」稿上陳，便較為妥適。今分別針對「簽」、「函」、「公告」，各舉數例如下：

壹、「簽」範例

檔　號：
保存年限：

簽　於教務處

主旨：本校○○系○年○班學生○○○，於本學期期中考○○科考試
　　　舞弊，擬記大過1次，請　核示。

說明：○生考試舞弊，經監考老師發現，不獨不接受勸導，反以惡語
　　　相加，恣意侮謾師長。

擬辦：擬依本校學則第○條規定，予以記大過1次，以示懲戒。
　　　敬陳　校長

職　○○○　│職章│　謹簽

　　　年　月　日

檔　號：
保存年限：

簽　於資訊管理處

主旨：擬辦理推動公文橫式書寫資訊作業研習營，簽請　核示。

說明：

一、依據「公文橫式書寫資訊作業實施計畫」第5點實施方式暨推
　　動時程之（三）辦理。

二、擬訂於○年○月○日，假行政大樓會議室辦理研習，如奉核
　　可，擬函請各所屬單位派員參加。

職　○○○　│職章│　謹簽

　　　年　月　日

貳、「函」範例

義守大學　函

機關地址：○○市○○路○號
承辦單位：學務處
聯絡人：○○○
機關傳真：0000000
聯絡電話：0000000

受文者：立法院

速　別：
密等及解密條件：
發文日期：中華民國○○年○月○日
發文字號：（○）○○○字第000號
附　件：

主旨：本校財務金融學系學生○○○等40名，由系主任○○○率
　　　領，擬於○○年○月○日下午2時至4時，前往　大院參觀
　　　院會議事，請　惠允見復。

正　本：立法院
副　本：

校長　○○○

立法院　函

機關地址：○○市○○路○號
承辦單位：第○科
聯絡人：○○○
機關傳真：0000000
聯絡電話：0000000

受文者：義守大學

速　別：
密等及解密條件：
發文日期：中華民國○○年○月○日
發文字號：（○）○○○字第000號
附　件：

主旨：貴校財務金融學系學生○○○等40名，由○○○主任率領，
　　　訂於○○年○月○日下午2時至4時，蒞臨本院參觀，至表歡
　　　迎，敬候　光臨。

說明：復　貴校○○年○月○日（○）○○字第00號函。

正　本：義守大學
副　本：

院長　○○○

參、「公告」範例

立法院　公告

發文日期：中華民國○○年○月○日
發文字號：○○字第 0000000000 號

7公分±2公分

（印信位置）

主旨：公告第○屆立法委員地○會期、時間及地點。

依據：憲法第六十八條暨立法院職權行使法第二條。

公告事項：本院訂於中華民國○○年○月○日（星期一）及○月○日
　　　　　（星期二）上午八時至十二時，下午二時至五時，在台北
　　　　　市中山南路一號本院群賢樓第一會議室辦理報到，除分
　　　　　函外，特此公告。

院長　○○○　（簽字章）

高雄市三民區○○里辦公室　公告

發文日期：中華民國○○年○月○日
發文字號：○○字第0000000000號

7公分±2公分

（印信位置）

主旨：第○屆立法委員選舉即將於本月○月○日舉行，屆時請全體里民，踴躍前往投票。

依據：依高雄市選舉委員會○○年○月○日○○字第0000000000號函。

公告事項：

一、投票日期：○○年○月○日（星期六）。

二、投票時間：早上八時起至下午四時止。

三、投票地點：本里○○國民小學。

四、注意事項：務須攜帶身分證、私章及投票通知單。

里長　○○○

（吳銘宏　編撰）

會議紀錄

○○文教基金會○年度第○次董監事聯席會議紀錄

時間：民國○○年○月○日（星期○）　○午○時○分

地點：本會二樓會議室

出席：○○○、○○○、○○○、○○○、○○○

列席：○○○、○○○、○○○

請假：○○○、○○○

主席：○○○

紀錄：○○○

主席致詞：略

報告事項：

　一、本會本年第○季（○月至○）之業務報告。

　二、本會因業務日增，自本年○月起，增聘職員一名，報請追認。

決議：准予追認。

討論事項：

　一、為提高本會工作成效，特擬訂新年度工作計畫草案（如附件
　　　一），提請討論案。

　決議：照案通過。

　二、為鼓勵員工士氣，特修訂本會員工獎懲辦法中部分獎勵條文
　　　（如附件二），提請討論案。

　決議：修正通過。

臨時動議：○董事○○提議：本會年度會員暨義工自強活動（國內旅
　　　　　遊部分），建議由一次增加為兩次，以活絡島內經濟，是
　　　　　否可行？提請公決。

決議：原則通過。並請總務組員責籌辦。

散會：○午○時○分

　（主席簽署）　　　　　　　　（紀錄簽署）

（吳銘宏　編撰）

回饋學習單